もくじ

吉阪隆正　地表は果して球面だろうか

三つの建築家像

「君だったら、どれを選ぶ？」

建築を学びはじめたばかりの学生に聞いて見ることにしている。彼らはいろいろな建築家の像を描いているので、それを先《ま》ずぶちこわすことが必要だと考えるからである。

蝶ネクタイをして、女の子にもてて、云々《うんぬん》かと思うと安全帽をかぶって、大きな鉄骨を思うように組立てて巨大な高層ビルをつくっている姿、あるいは、髪をのばし、空の一部を睨《にら》んで世界を驚かせる芸術品を生み出す姿勢、それを皆からうらやましそうに、世に残る作品ができて幸せですねといわれる場面……

こうしたバラ色の夢が、それから三、四年もしないうちに、消えて、どうせ俺にはという劣等感に変っていくのを、予《あらかじ》め防ぎたいとも思うからである。でなければ、そのようなバラ色の世界に入れるだけの力を持たないのにいつまでも夢を見ていて、一向に実現しないのを不思議とうぬぼれないためでもある。

「君だったら、どれを選ぶ？」という質問は彼らに、どれをとっても、全部を得られないということを出されるので、困ってしまう。そういう悩みを与えることが、教育の一つの手かも知れないと思う。

今の世の中は本当の建築家、理想像として描かれているような建築家を、大切にしようとしてはいないのである。だからどれか一つだけで満足する他ないのである。全体を一身に持てるようになることが、建築家の悲願なのかも知れない。

建築家は人と物との結びつきを、徹底的に解決しようと考えているものらしい。そんなことが実際にできるものだろうか。

さて選ぶべき姿というのは、大まかに分ける三つのうち一つである。それらは互いに矛盾しているので、どれか一つしか選べないのが宿命である。もっともその領界を泳ぐという器用な手もあるかも知れない。だがそれこそ理想に近づく途ではあるが、世の中はなかなかやらしてはくれない。

先ず第一は用への奉仕である。必要充足というのは、経済の根底でもあるし、政治の主幹でもある。これにうまくのっているのが、その時代の指導層である。うまく用を足すための体制がつくられ、その体制の維持に尽している人たちが世にときめいている。

その人たちの考えていることを、物に翻訳してあげること、これが用への奉仕だ。この途《みち》を選べば、特に今のように大組織、大規模大計画にたずさわる機会に恵まれるだろう。勿論、用を物に翻訳する技術を心得ていなければならないが、これは積み重ねで可能なことである。足し算さえできればいいことといってもよい。

そうした世の必要を満たすのだから、当然金儲《かねもう》けもできるだろう。だが、技術の範囲にとどまっている限り、御用大工、御傭《おやと》い職人から抜け出せない。要求は外から与えられるのだから、その主体性のなさを、技術に没頭することで忘れるという諦めを得ないとやり切れない。ましてやその体制側の要求がそろそろ行き過ぎになる頃には、公害のもとに協力するようなことになる。良心のとがめさえ感じるようになるだろう。

これに対抗するのが、筋への奉仕である。人類は一体何のために生きているのか、本質的な要求とは何か。造形は一体どういう作用を与えるのか。創造とは何を意味するのか。今の体制は、今の時代の流れへの妥協ではないのか。これは必ず行き過ぎに走り、人類を危機に陥れる可能性を含んでいる。警告を発しなければならない。

どこまでそれが真理に肉迫するか、それがどれだけ他者に表現として訴えるかという問題はあるが、それが出来れば、心ある人から認められるだろう。そしてやがて多くの人々もその功績を認めるだろう。しかし、それまでには時間がかかる。よほど運がよくなければ、生きているうちに、そうした状態に達しないかも知れない。このみちは、実を捨てても名をとるという途である。いわば前者が現実派であるなら、これは超現実派といってもよい。

さて第三者は何か。これは愛への奉仕といったらよいのだろうか。ただし、大変近い所へ密度濃い愛をである。博愛というように、誰に対してでも与え得るには、人々はその所有する愛の量が限られているので、これを集中して近い人々に与えてしまおうという態度である。場合によっては唯一人にという女性特有の傾向に従うものである。

これは、近隣の人々の生活の場の城に細々とした所まで気をつかい、建具の締り、雨漏れにといったことにも用を満たし、人の心の求めに応じて、ささやかながら、色や形を選び、その積み重ねが町全体を住みよいものにしていくといったものである。それは誠に些細《ささい》な事柄を大切にするから、町医者が、その患者の生活の一切を心得ているように近隣に住む人々の物的環境の整備に心をいたすのである。

この途を選ぶと、名も出なければ、大計画を担当せず金もついて来ないかも知れない。しかし住民からの感謝という何ものにも代え難い恩恵が与えられる。勿論、十分に任務を果たした時のことであるが。

不幸にして、今の世の中の流れは、この第三の途を封じる方向に傾いている。そういう努力をする人々を尊敬しないのだ。尊敬しないから、力ある人、才ある人がその途を選ばない。こうして悪循環が発生する。どこかでこの流れを断たねばいけない。

それには、前二者のように、生み出すことに力を致すものが覇をとなえる価値のあり方から、あるものを育てることの方が大切だという価値に重点を切り換えなければならないのではないか。生産より消費のあり方に人生の大切な部面があるという考えに。

（一九七三年 五六歳）

コンクリート壁の表情

食に関係して

人間はあまりいろいろなものを食うから複雑怪奇でわかりにくい。他の動物だとそこはずっとはっきりしている。

菜食の連中をとらえて見たまえ。馬でも、鹿でも、キリンでもいい。どれを見てもスマートで、敏速で、おとなしい。彼らは自己防衛のとき以外に攻撃に出ることはまずない。

象や河馬《かば》はスマートでないというかもしれない。しかし敏速で、おとなしいことはやはり一緒だ。何トンという目方のために、少しばかり不器用なだけだ。

だが彼のスピードは、ダッシュが効くだけで長つづきはしない。さっと逃げて立ち止まり、呼吸をととのえる。その代り、勘はすこぶるいい。神経が非常に発達しているのかもしれない。

もしも彼らに人間の手を与えたとしたら、実に器用にものをつくることだろう。細かいものもつくるだろう。一筆でよく性格をとらえた線を描くことだろう。一刀でしっかりと動きまで彫り出すことだろう。

彼らにもしも布を選ばせたら、ラシャ[1]よりは木綿《もめん》を、木綿よりは絹を貴《とうと》ぶだろう。肌ざわりに敏感だろうと想像する。だからまた石よりは木を、木よりは紙を好むかもしれない。

この両者とも、神経の鋭敏であるという条件が必要だからだ。僅《わず》かの変化をもすばやく摑《つか》んで、また、すばやく反応を示せる能力がなければだめだからである。そしてどうも、繊維《せんい》質のものを食っていると、この細いものの作用を受けるのか、神経がするどく働くようになるらしい。

そしてこのことは人間にもあてはまるのだろう。

さてもっと哲学的な所まで入ってみると、彼らの食物は、植物なるが故に動かない。どこかに生えていて、他の所には存在しない。こちらがそこまで出向かなければ得られない。しかしまた、もしここにあれば、逃げることはないから、あわてることもない。また育ったり実ったりするまでは、どんなにあせったって、得られない。こうしたことは、人生観、世界観の上にたいへん大きな影響を与える。

生きるための条件は、こうした状態で与えられ、求められるのであるからここを出発点として他のことも考えるようになるのだろう。もしも彼らの言葉がわかったら年寄連から、こんな話が聞けるかもしれない。

「世の中というものはなあ、与えられたものをうまく生かすということが大切じゃ。ないときはないなりに、どうして耐えるかを知り、あまり明日のことにクヨクヨしないことだ。そうすれば人生はなかなかよいものだとわかるだろう。

ありもしないものを求めたり、ないものに不平をいったって、自然は予定どおりのプログラムをおこなって、わたしたちの希望なんかいつでもふみにじってしまうのだ。

どうせそうなることはわかっているのだからその与えられたところから出発して、これを最大限に生かすことだ。それで不満なら、せいぜい自然の法則を調べて、これに順応して先を見通すことだ。それ以上は無駄のことだよ。」

などと諭されることだろう。

考えて見ると、植物の豊饒《ほうじょう》な国は、また自然現象にもこと欠かない。暑さ寒さも、雨も多い。雨が多ければ洪水もある、雷もある、等々。火山があれば土地が肥沃《ひよく》であるが、爆発もあれば地震もある。大風がこの肥沃な埃《ほこり》を運ぶこともある。自然現象は好ましいことと好ましくないことを同時に持ち込んで来るのだ。その力は到底、動物の及ぶところではない。諦《あきら》めの中でこれに堪《た》える方法を見出すほかに手はないわけだ。


だが肉食では大分話が違う。相手も動物である。食おうと思えば追わねばならない。殺されるのは嫌だから戦って来るのを打ちまかさなくてはならない。そしてはじめて食にありつくのだ。こちらの努力、力次第でうまいものも、まずいものもある。

ライオンでも、虎でも、ハイエナでも見るがよい。いずれも獰猛《どうもう》で、精力的で、しかし怠者《なまけもの》である。

彼らの獰猛さは、飢えた時だけである。戦えば勝てるという自信は、彼らを普段はむしろ怠者にする。でなければ子孫の増殖に走らせる。あるいは過剰に摂取した蛋白質《たんぱく》を放出する必要にかられる生理的現象であろうか。

このところに彼らの精力的な所がある。それはむしろ持久戦に適している。どんなに相手が速く逃げたって、どこまでも食い下がって追えば、いつかはへこたれてしまうだろう。その時なおこちらが力を余していれば勝であり、食にありつけて、生きることができる。もっぱらねばりの問題だ。

敏速であることは有利だが耐久力の方が尊い。器用であることよりも、鈍でも力のあることだ。脂《あぶら》っこさという言葉がこれをよく言い表わしてくれる。生命力そのままという感じである。もっともハイエナのような死肉しか求めない奴は、こすからいという性格を表わすのかもしれない。だがそれにしても共通的に言えることは、彼らの世界では、たたかわざるもの食うべからずだし、求めよ、しからば与えられん、なのだ。

これは菜食の連中とは根本的に異なっている。だから彼らの仲間の張り切りボーイはこう言うだろう。もしも人間の言葉を貸りるなら、「わしらその日その日のえさを得られれば、それで満足していたけれども、やればできるということは大変なことだ。

断じておこなえば鬼神もこれを避《さ》くというではないか。要はやる気を起こすことだ。やる気さえあれば何とか知恵がでてくるものだ。どんなに相手が強いでかい奴であっても、こちらが最後まで食い下がって負けなけりゃ、こちらのものになるのだ。

綿密な作戦を練ることだ。それを一歩一歩実行することだ。すべてはわれわれが行動して行くことで将来は明るい。敵を防ぐことも、獲物を得ることも、すべてはわれわれの努力次第なのだ」と。

彼らの棲《す》む所は、草原だろうが、密林だろうが、あるいは砂漠だろうが、氷原だろうがかまわない。彼らの求めている相手は生き物でどこへでも動きまわる連中だ。それさえ居てくれればよいので、どこへでも追って行く。能動的に動くことが何よりなのだ。ここでは諦めは死を意味する。僅かに能力に応じた報酬ということが、最後のなぐさめである。

だから彼らに絵をかかせれば、塗り重ね塗り重ねして行くうちに、何とか何かになって行く。粘土をつけたり削ったりしている内にひょっと思うような姿になる。

彼らは理肌《きめ》の肌触りよりは、耐久力のあるかないかの方に関心がある。さらに、それが自分の思っているように自由に変えられるならその方が願ったり叶ったりだ。少しぐらい粗な材料でもその方がよいと考える。粗であることは気にならないからである。

食事のちがいが、このようにほとんど反対といっていい程の違いを生ぜしめるが、私はこのあたりに大きな分岐点を感じる。何世代もの間こうした食にある傾向を持って来たことは、そこに一つの性格をつくり出す。

この性格が、建築材料の選択の上に、またその扱いの上に強く作用するものと考える。もちろん人間の場合は、動物のように単純に因果を結びつけることは無理だろう。それにいろいろと思惑がつきまとって、本能的な欲求は曇《くも》らされる場合も多いし、またそこから新しい世界を生み出すこともある。

そうした人間が意識的につけ加えたことはまずあとまわしにして、各人の一番内奥の、自分でさえ知らない自分の傾向、それがおそらく食と通じるものから生まれる傾向なのだろうが、そのあたりのことをもう少し考えてみたい。もっともそれが食の選択にさえ関係があるかもしれないとなると、どちらが先かはわからなくなるが。

好き嫌いに関係して

どうにもならないものに「好き嫌い」ということがある。昔から恋の病につける薬がなかったことが、その何よりの証明である。

好きと嫌いとの他に、もう一つ無関心というのがある。大体この三つの現象は、私たちが意識する前に発生するものらしく、意識した時には既に何らかの表現ないしは生理的現象を呈《てい》しているのではないだろうか。

生物学者や心理学者はこれらをどう説明してくれるのかは知らない。何か心だか身体だかのもっとも内奥で、自分も知らない間にそんな傾向が生じてしまうものらしい。

われわれにできることといえば、そのように発生してしまう傾向を、その初期あるいは中期の段階において、他人に知られないようにかくすことだけだといっても差支えない。また別に、演技してあたかも他の好き嫌い無関心が生じたかのごとく振舞って、皮相のみによって察知する他人をごまかすぐらいのことである。一体完全な肉体と精神の修養をすることで、この好悪や無関心の方向をかえることができるものだろうか。（不可能ではなさそうだが、大変むずかしいことだろう。）

いろいろの精神病の特徴的に発現している患者の顔を何枚かずつ組にしておいて、これを普通の人に見せて、その中に好きなタイプ、嫌いなタイプ、無関心な者と選ばせてみると、大体その人の性格というものが、かなり正確に客観的な数字で表現できるという。人間誰でも何分の一ずつかいろいろな精神（病）の傾向を含んでいるものらしい。

この実験から考えさせられるのは、人びとはいつも、同類や異種に対し共鳴したり反発したりしているのではないかということである。それが好きとか嫌いとかいう言葉で表現されるのかもしれないと。このことを更に敷衍《ふえん》すると、人間同士ばかりか、好悪の感情は、物質界にまで言えるのではないだろうか。感情移入という現象かもしれないが、石にも、鉄にも、木材にも、それぞれ独自の性格があるようだ。少なくとも人間の生活と結びつく時には、そうしたものが受けとれる。

同類同士が呼び合ったり、異種のものが相補い合うことで近寄ったりすることが、ここでまた建築材料の選定の上の一つの規準になるのかも知れないし、その扱われ方に一つの性格を認めるとすれば、そこにも選ばれるもととなるものがあるわけだ。

ただ実際には、われわれの目は、いつも曇らされている。合理だとか、機能だとか、その他もろもろの理由をつけて、自分で自分に、この方がいいではないか、この方を好きになれとさえ言い聞かせているのである。

そして場合によっては、自分で自分の言を信じ出してしまうのだが、やはり、本心がどこかで首をもたげて、その材料なり、その構法には本来は不向きな姿へと変えさせてしまうことさえある。素直でなくなると私は考える。あるいは、それは私の立場から見るからそうなのかもしれないが。

告白

だいぶん前置きが長くなってしまったが、ここまで来ると私の場合でのべるほか手はなくなった。私をさらけ出すことによってのみ、コンクリート壁について、何らかの批評を加えることができるのだ。

コンクリート壁があると気がつくことは、それ自体すでに関心を示したことであり、関心のある以上好きか嫌いかが発生するわけで、それからは屁理屈で、なぜ自分が好きか嫌いかを自分に納得させるための説明にすぎないし、それによって自分に好悪を正当化しようとする自己保存の本能に動かされているに過ぎないのだと思う。

端的にいって、私はダム工事のコンクリート壁は大好きだ。あそこではコンクリート壁は本当に生き生きしている。右に水、左に空気を境して厳然と聳《そび》えている姿は、力道山がアトミックを投げとばしたの(2)を見たあとより、比較にならないほどの爽快な気分を味あわせてくれる。あれはコンクリート壁のA級である。

これに非常に似た形のものにコンクリートの擁壁《ようへき》がある。土と空気とを境しているわけだが、何となく弱い。どんなに寸法的には等しい大きさでも、土に何パーセントか寄りかかっている点だけは割引されるし、土の押して来る力と、水の押して来る力との違いが、やはりあの擁壁とダムとの間には感じられて、何かたよりなさを見せられたようだ。

人間の存在しない世界、自然のみの法則の中に人間がつくった反逆、その偉大なものとして、私はダムのコンクリート壁が大好きだ。おまけに、時々は水の好みに合わしてやって放流を許してやるあたり、人情味もこまやかではないか。その肌は、傍によって見れば実に荒けずりである。なでればこちらの肌がすりむけてしまいそうに粗末なものだが、実は精密な計算に基づいている。

人間が何人も周囲にのって、クレーンで運ばれるバケツ一杯のコンクリートが、いざ打ち込まれると、まるで蠅《はえ》の小便のごとくどこへ消えたかと思うほど大きな図体。その図体の持つ厚み、完成後にもその厚みはひしひしと表面から私の心をゆさぶる。

ダムは、なでてかわいがる程度のものではない。そこに居るだけでいいのだ。もう洪水もないという安心感を与えてくれるし、そこから間接に電気のエネルギーを感じて、日々の利便を連想させられるのである。そしてまたダムの上には、今まで自然もよくなし得なかった美しい風景をつくり出してくれているのである。しかしこれとて、うまい位置に、うまくつくられてなければ、こんなこわいものはないし、こんな醜いものもない。そういうダムだってあるにはある。自然にしてみれば、ダムなどというものは暴力団みたいなものかも知れない。しかし大ボスはいい。小ボスが乱暴を働いて顰蹙《ひんしゅく》される存在なのは、人間界とも同じだ。

次にコンクリートのもので、私の好きなのは橋と道路だ。しかしこれは本題の壁とは少し離れるので今は措《お》こう。

建物となると、コンクリートは急に貧弱になる。神経が足りなさ過ぎるとでもいうのだろうか。存分に器量を発揮できない世界に閉じ込められたというのだろうか。そんな気持ちがして、私はコンクリートに同情する。

やっと少しばかり鬱憤《うっぷん》を晴らしているのが、格納庫や競技場かも知れない。ダムを壁といわないように、ここにも壁という表現ではうまく言い表わせない障壁的な姿を示している。内と外との境の役目は十分に果しているが、格納庫や競技場でコンクリートが腕をふるっている時には、いわゆる建物の壁という概念から遠い場合が多いのだ。

　建物の世界では、田舎の純朴《じゅんぼく》な頑丈な青年が都会に出たてのように、何かそぐわないものがある。社交だとか、化粧だとかを身につけないと、この世界は住みにくいのだ。昔商売女が、(今でもそうだろうが) 厚化粧をして酔眼の客をほれこませたような、そんな技巧をさえも必要とするのである。私はタイル張りの建物を見る度にそんなことを連想する。タイル張りというのは、鳩の巣や二丁目あたりの夜の店に一番最初に化粧として表につかわれたからだろうか。もっとも一八九九年にパリに、コンクリート工事としては初めの頃に建ったアパートもタイルを張ってあった。モルタル(3)塗りの次がタイル張りだったのだ。そのタイルにはまだ創作があった。未だ誰もやったことのないことを大胆にやってのけたからだった。

　コンクリートの壁もモルタル塗仕上げの時は、従来の石造に似せようと一生懸命な努力で、力及ばずという所であった。しかるにタイル張りの方は、完全に新しい姿となった。旧来の石造ではできない世界を開拓したのだった。そこに若干の魅力がある。しかし無理をしているのだ。近頃マスコミの中で、ヒョッとしたアイデアが受けて流行児になった。そんな浅はかさをこの建物からは受けとるのだ。確かにスターだ。しかしそれだけのものだ。タイルが落ちた日に、美しい廃墟《はいきょ》にはならないだろう。戦災のあとに惨めなむくろをさらしていた多くのビルを思い出すがよい。あれはとうていコンクリートの本道とはなり得ない。

それにひきかえ、石の化粧の方は、少しばかり賛成できる。ここではコンクリートは謙虚にスターの座を石に譲って、自分は相手役だけをつとめている。石に対して、「何から何までなさるのでは大変でしょう。裏の勝手もとは引き受けましたから、十分に表で活躍して下さい」といった態度だ。自分の出場所を心得たコンクリートのこのあり方に、私は何かすなおなよさを見るが、同時に、世が世なればもっと活躍できたろうにかわいそうな運命の下に生まれたと一掬《いっきく》の涙をさえもよおされるのである。ソ連でよくやっているように、石をテラコッター(4)で代用させた場合には、なお一層その気持は強い。

そして私は考えた。この裏に廻ってしまったコンクリートに、もう一度陽の目を見せてやる方法はないものかと。スターはスターとして立てておいて、裏方がこんなに力になっているから、スターも光るのですよと、コンクリートのために弁護したくなったのである。「コンクリート打ち放し、タイル散らばし」だとか、「積石かざりの打放しコンクリート」といった仕様が生まれたのであった。この場合のコンクリートは、ヴィクトル・ユーゴーの小説の中の主人公ノートルダムのせむし男(5)のような存在である。ジプシー娘のエスメラルダだとか、その他美しい紳士や騎士が登場し、まるでスターのごとく見えるが、結局は醜いが純なせむし男が主人公であったという、そんな存在となるのである。所で漆喰《しっくい》も塗らず、ペンキ類さえ装わないコンクリートの素顔である打ち放しが、そのまま堂々と登場できるようになったのは、私はマルセイユのユニテ(6)ぐらいからではないかと思う。それまでの素顔のコンクリートは、人の目に立たない所、一般の人びとが卑しい労働と考えるような場所に日の目を見ずに働いている壁などにしか見られなかった。それがマルセイユの時以来、俄然人気者として素顔を売り出したのだと考える。

それには、顔だちがよくなければならない。どんな素顔でも素顔が流行するからといってそれでまかり通るというのは誤りである。顔だちというものは建物のプランからもくる。それは生理的な健康が美しさを示すようなものである。その上にさらに目鼻だちがよくなければいけない。ファニー・フェースというような特徴あるものもその中に含めてもよいだろうが、やはり全体としての均衡とか、表情とかに、何か惹きつけるようなとのい方をしていなくては、素顔はやはり化粧をうまくした顔には負ける。

かつら、つけまつげ、さてはクマドリ等々、一寸した付加物のためにぐっと生きてくる場合は多い。コンクリート壁でいうならば、それは隣の壁との関係・出入口・窓などの配置、仮枠・目地の存在などという所だろうか。

いれずみ、彫り込みなどという方法もある。これもうまくすればなかなかスゴ味も出るし、全く新しい芸術ともいえるものが生まれる。クリカラモンモンとまで行かなくても、コンゴの黒人のレース様のケロイドまで考えなくても、指輪、耳かざり程度だってある。コンクリートが一種の鋳物であるという特性がここで生かされて、面白い凹凸が自由につけられるので、これらの遊びからくる化粧だってあり得ると思う。

仮枠に木彫を張りつけておくことで、女型の彫刻が一挙にして出来上る。仮枠を木材とすれば、木理がすでに彫刻として表われる。これを消すことで鉄枠も使われる。しかしまた枠の材料をもっと可塑《かそ》性(7)の大きいものでやれば、もっと自由な彫刻も可能である。石膏《せっこう》、場合によっては砂などもそれだ。プラスチックなどは今後の利用法いかんで面白いことができるかもしれない。

それから最後に、コンクリートが岩石と同様だという姿から、これに石加工の方法を加えることが考えられる。すなわち彫刻である。わざと一枚皮をはいで見せる方法だ。内部の肌は外とは違う、この違いを生かすことなのだ。あるいはまたコンクリートという材料が、はじめは水に溶けたような姿から、次第に凝縮硬化してゆくことを利用して、「洗い出し」という手もある。もっとも壁への応用は、比較的難しい問題かも知れないが、不可能なことではない。

そしてまた日本の数寄屋《すきや》(8)のような、木の肌のこまやかさを出す、ツルツルに仕上げた打ち放しがある。これは日本的高等技術だ。「こった」という表現が一番あてはまる。とうとうコンクリートも日本に来たら、まるで繊細な肌まで持つようになった。毛むくじゃらな山男や海の荒らくれ男が、丸腰の町人になってしまったような気持ちで、私はこのすべすべのコンクリートをなでて見る。ひげを剃ったあとの、あのツルッとした快感はあるが、やはり毛深い男のあごは、青く光っている。本来は堂々としたひげを生やした方がいいのではないか、その方が女にもてるのではないかと、ふと疑問を抱くような、そんな剃りあとの青さを思う。

その意味では、コンクリートにつきものの砂利をむしろ表面に飾りつけてしまった方が、あるいはいいのかもしれない。ジャンカ[9]になる、ジャンカになると、豆板などをおそれているそのコンクリートの欠点を、逆手にとって美点に仕上げてしまうゆき方だ。

いろいろなコンクリート壁の表情を見てきたが、私にはやはりコンクリートには土木的な男性らしさが一番適しているのではないかと思う。

だからコンクリート壁を建築に生かすなら、逆に言って建築が土木的なスケールに発展するほかないのではなかろうか。都市計画が建築家の仕事の中に入りつつある今日、特にそれを感じるのである。しかしだからといって、コンクリート壁はゴツクさえあればよいという意味にとられては困る。

日本の場合

コンクリートを作る材料は豊富にあるのに、今でも木造をつくりたがる日本人の嗜好《しこう》は、やはり食物などと関係があるのだろうか。細かい神経には、コンクリート壁の荒々しさは堪え難いのか。数々のものをあつめて築き上げる手法がまどろっこしくて待てないのか。工事の途中で粉だらけによごれるのが嫌いなのか。

耐震、防火などという点から確かに有利とわかっていても、まだ木材の方を選びたがる。コンクリートを選ぶのは止むを得ない時だ。だからコンクリートで骨や外側をつくっても、内側にはなお木材のやわらかい肌を持ち込んでやっとホッとしている。どうしてもコンクリートがむき出しになるとすれば、これをすすべになるまでにこった仕上げをしないと気がすまない。建物の使用者がそれを要求するし、職人も監督もそうできることを得意がる。コンクリートはそんな状態に磨き上げられて果たして幸福だろうか。立派な座敷に招かれはしたが、どうもネクタイが窮屈《きゅうくつ》だといった感じはしないだろうか。だからといってふんどし一つでねそべっているだけの粗野なのがコンクリートの本来だというわけではない。

形式があまりにも完成された日本の文化の中では、形式を外すことは粗野と同義語になってしまう。このあたりがコンクリート壁の扱いにも見られるのではないか。男性的な力強い、それこそ粗暴をもいとわないような者にも洗練された姿というのはある筈《はず》だ。コンクリートには、そういった姿が一番理想なのではないだろうか。

もう一つ日本の場合で気になることは、壁というものに対する考え方である。もちろん旧来の構造が木造で、雨の多い国とてまず屋根からつくるというやり方にも関係するであろうが、日本の気候は、世界のあちこちに比較すれば誠に住みよい所である。壁を設けて自然から身を守るということは大して必要でもない。幕をもって境界をつくりさえすればよいのだ（このよい現われがコンクリート造になっても、壁厚が一寸も勘定されずに各戸の坪数に算入されている所に見られる）。

自分たちの世界を壁の内側に確保しようとする意欲は決して旺盛《おうせい》ではない。自然の中に、ちょっとばかり空白を借りるといったやり方だ。コンクリートという材料は、こうした態度をうまく表現するには、あまり適しているとは言えない。とかく用心棒が立ちはだかったようになる身体をもてあまして、表面だけ三つ指ついて柳姿になろうとしているみたいである。

この辺のことを考えて、適材を適所に、適切に生かしてやるということが、本当に必要なことではないかと思う。もう一度コンクリートの壁とはどういうものかを考えて、のびのびとその才能を生かしてやりたいものだ。誰も彼もが、何でもできるとは限らないし、やれたとしても、いじけた姿でしかあり得ない。皆が皆スターにならなければいけないという立身出世主義に私は反対だ。

（一九五九年 四二歳）

木造住宅の現代性？

風景の恐ろしさ

車窓から見える日本の山、春まだ浅いその山々は、盛り上がった土の稜線《りようせん》と、その山を包むように生えている雑木林の梢《こずえ》の稜線とが二重になって走り、二つのやわらかな線を描いている。二つの線が互いにもつれ合いながら淡い空との間を区切っている。

その美しさに見とれながら、しかし私は何か恐ろしさを感じていた。その景色がおそろしかったのではなくて、このような情緒の中に纏綿《てんめん》としているうちに自分の心の中の変化がおそろしかったのである。倦《あ》くまでも合理を追及して行こうという精神がいつの間にかとろかされてしまうのではないかという予感を覚えたからである。

非合理を認容する世界が、どんなに詩的で、居心地よいかを、この風景は教えてくれているように思えたからなのである。今でこそ、冷たい冬を経て、本当の山の線を見せていてくれるが、もう間もなく萠色《もえぎいろ》に芽ぶいて、やわらかい木の葉ですっぽりとこの線を包んでしまって、ふんわりとした山の姿にしてしまうことだろう。

そして私たちは、この真の山の稜線の見えない、しかし美しい姿の中で生活しているうちに、いつの間にか、冷たい真の山の姿を求める気持を失うのではないだろうか。裸にした山よりは、鬱蒼《うっそう》と木の生えた山の方が私たちの心には当りがどれだけ柔らかいだろう。

とことんまで法則を探り、真理を求めて、その理に合致しようというのが合理ということであるなら、私はやはりそのみちを歩まねばならぬと思う。人生はそんなに簡単に割り切れるものではなく、やはり非合理を認めなければならない場合があるという教え方に、私は反対する。それはとことんまで法則を探求する努力を怠惰《たいだ》にも捨てた言葉だからだ。

もっとも、今日現在においては、まだわからないことが沢山あるから、私たちが知っているわずかな法則や真理で、世の中のすべての出来事を判断しようというのは、大それたことかも知れない。だがそれを一概に非合理の世界と分類して区別してしまい、それをそれとして受け入れてしまうことは私には許されない。

だが日本の風土は、自然も、社会も、この非合理を認めないとなりたたないような世界をつくるのに、まことに好都合にできているようだ。私はそれが恐ろしいといいたかったのである。

新しい都市像の中で

前置きが大変長くなったが、私はここでは「木造住宅の現代性」という題で一文を草することになっていた。

そもそも、現代性なる言葉がすこぶる曖昧《あいまい》なところへ、木造住宅という、これまた常識的な考えを持ちこみ易い言葉を組み合せて、何か深淵なものを語ろうという姿勢をとっているわけだ。

木材というものを長年友として生きて来た日本人にとって、これは郷愁を催《もよ》おさせ、かつまた生活のすべてがここに結びつけられて組立てられて来た者が、それを打ち捨てることの苦痛に同情し、社会の生産組織、配給組織、はては職人の技術に至るまでがこの中で育って来たのを覆えすのにしのびない、といった浪花節的な人情論で、「木造住宅」を弁護する立場に置かれたのだと私は早合点した。

　そこには理屈を抜きにして認めなければならない世界がある。それはかつてまことに美しい調和した世界を出現させた。確かに情において至極立ち去り、捨て難いものがある。またその中に生きのびるのは、今日といえども実に容易であり努力を要しない安心さがある。すでに一応確立された世界であり、まちがいの生じないことが保証されているからだ。

　だが好むと好まざるとにかかわらず私たちが生きている世界は別の方に動いている。もはや生きる上でまず大切な「安全な場」をこの木材だけでは提供してくれなくなった。それにはいろいろな要因があるだろう。

　世界の動きの中心が都市に集中されたことに、まずその原因をたずねよう。自然の支配に人工の支配のバランスが、特にこの二十世紀に入ってから後者の方が優勢になってしまった。そしてこの人工の勢力の源が、都市にあるのだから都市の支配ということは当然の結果である。そこに集まった力は、今や宇宙をもわがものにとり入れようとさえしているのである。人間がもう少しで神の座につこうとしているのである。

それが可能であるかどうか、私は知らない。だが少なくともその可能性を信じ、そこに希望をつないで努力していることは確かだし、一歩一歩近づくことをしている。

そして、もし、神となるのだったら、神が摂理《せつり》を生み出し、すべてをその法則の下に統一したように、人間もまたすべてのことを律する何かを発見し、これを打ち立てなければなるまい。大それたことかも知れないと私は言った。しかし今向かっている方向を変えない限り他に何があるだろう。

日々の個々人の生活もまた、この大きな歯車にかみくだかれて、変わって行くだろう。急テンポに変化しつつある現代の諸相が、人間そのものの改造にまで及びつつあることは、世代の違いにわずかながらも表われている。生理的能力においては、あるいは大差ないといえようし、場合によっては退歩さえ認められることもあろうが、周囲にはそれを補って余りある諸設備が充実しつつある。

再び言おう。これが好ましいことであるかどうかは知らないが、この方向に進まざるを得ないことは確かだ。そしてこの方向に進む限り、従来の自然が支配していた頃の生活を維持することは破滅のみを辿《たど》ることになる。

現在の都市は、かつての自然支配力の方が大きかった時の産物である。それはもはや役に立たないものになりつつある。新しい来るべき世界に適応した、新しい都市、新しい都市の生活を打ち立てないことには、今の方向を成就することは不可能だろう。

その新しい都市像の中に、木造住宅というものが入り込む余地があるかどうか。もしあるとすればどんな形か。これが木造住宅の現代性という問題になるのではないだろうか。

変貌する価値観

東京などは、都市と呼ばれているけれども、それはわずかに人口数の多さからだけだ。実際には都市の持つべき他の要素のどれだけを備えているだろうか。

それよりも、都市でない世界の条件の中で東京にあるものを数え上げる方が遥かに楽である。曰《いわ》く泥、曰く汚物の自然処理、曰く踏みあとのような小径、曰く一つ一つの孤立した住宅、等々それでいて大自然の中のよさはほとんど失われているのである。森も、湖も、そして動物たちも、小鳥でさえも棲む所がないのである。

このような東京が、日本というものを背負って立たねばならないのだ。もっともっと人工的な設備が完全にととのって、人々が集まっているが故に力を発揮し、都市なるが故の住みよさがつくり出されなければならない。

その中で木造住宅は果たしてどんな役割があるだろうか。もしあるとすれば、それはもはや在来の木造住宅だったり、あるいはそのわずかな変形ではないはずだ。木材だって、もはや樹木を切っただけで使うのではなく、パルプになったり、樹脂加工され、あるいはもっと人工材料の原料となってしまうのかも知れない。人間のつくった世界につくり上げるためには。

二〇〇〇人、三〇〇〇人、いや一万人余がまとまって住まなければならない生活。その中では恋愛でさえ電子計算機で割り出されて、恋の悩みも解消するのかも知れない。今の生活を知っていて、今の中で生きているわれわれには、何とつまらない世の中だろうと想像するかも知れないが、その中に生まれ育った者は、ちっとも不満には思わないだろう。

今の子供が、ラジオもテレビもない世界がどんなに淋しい単調な世界か想像も及ばないように。月ロケットが夢物語りと考えられることさえ不思議と感じるように。消えてなくなるはずだった姿も声も、動作も記録され、同時に地球上に再現できるということは、どんなに世界像を変えてしまうことだろう。そのことは現に起こっているのである。

その中で生まれ育った人間の人生観、世界観は、私たちのものからはなかなか想像が難しいことだ。

石の中に生活して来た者が、コンクリートを見て反駁《はんばく》を感じ、代用品という嘲《あざけ》りでこれを扱ったりしたように、今私たちはプラスチックの材料に紙や木などのような豊かさがないと嘆く。しかし今日コンクリートも鉄もガラスも私たちの生活の中にとけこんで、むしろこれを欲するようにさえなっている。プラスチックをはじめ、その他もろもろの人工的な材料がそうなることも遠くはない。

電気、水道、ガスが、かつては贅沢《ぜいたく》と思われたのが、今では必需品になって来た。今まで暖冷房は贅沢のうちであるが、太陽熱、地熱その他原子力などをうまく使えるようになったら、これも当然のものになるだろう。

価値判断さえ刻々にかわりつつあるのだ。

その時には、今日のように、支払能力が低いから木造で我慢するなどということはなくなるだろう。むしろ木造の家に住むということは、どえらい贅沢になるのかも知れない。稀少価値ということは、その時にも存在するだろうから。

今しばらくは人工的な世界をつくり上げようと、人類はやっきとなって努力する。自然が支配していた世界を、どこまでも究明していって不可思議とされていた事柄を自家薬籠中《じかやくろうちゅう》におさめるだろう。そしてまた今までに存在してもいなかったものを創り出し、わずかしかなかったものも潤沢《じゅんたく》にあるようにするだろう。

そうして気がついたとき、自然は正に消滅しそうになっているだろう。もしもそのとき人類が気がつけば、この稀《まれ》にしかない自然をもう一度この地球上に豊かに栄えさせようと願うだろうか。

自然の一つとして生まれた人類が、その時になって急に母なる大自然に恋いこがれるようなことがあるだろうか。ここまで来たとき、自然は最大の楽園となるのかも知れない。そして自然のまま、自然の木材をつかった住宅が再び登場するだろう。

だが、それはもはや過去において自然の支配下においてつくられた木造住宅ではないだろう。どこかに全く人工的な世界をつくって住む人類が、レクリエーションとして住むそんな木造住宅なわけだから。

木造住宅を生かす道

話が甚《はなは》だ飛躍した形になって申し訳ない。しかし現在建ちつつある日本の、とくに東京の木造住宅を見ていると、私にはその小さくまとまり、忍従を美徳とするような行き方が耐えられないのだ。

飛行機ができて、人工衛星がとび廻るようになって、地球も大変狭く小さくなった。しかし、私たちは二本の足で歩く限り、地球はちっとも昔とかわってはいない。気持だけが地球を一つとして摑めるようになったのだ。その時に、二本の足だけを頼りにするような小さな世界にとじこもっていることは、少しも現代に生きていない。そんな自然の支配下にさえある者は、自然をも支配しようという人間の力の前にあえなく押しつぶされてしまう。

もし、本当に木造の住宅を生かすのなら、この世の流れに従っていったん木造を完全に去って然《しか》る後に木造に戻るがよい。それには木造にふさわしい環境が、あともどりでなくてつくられるまで待たなければなるまいと考える。

（一九五九年 四二歳）

ここでは、個と集団との関係について、その境界をどう設定するかについてだけ取り上げて見たい。

集団が一つのまとまりとなるときには、その成員である個と個との間に一定の約束が成立して、相互に依存し合うが、同時に相互に規制し合う結果が生じる。

都市と呼ばれるような大きな人口の集団では、この拘《かか》わり合いはより大きく、より複雑になって来る。そして、もしその集団を一つのまとまりに持っていこうとすればする程、集団の中の個はいろいろな約束ごとにしばられることになるが、多勢の力の支えによって、より大きな恩恵が受けられる。

問題が発生すると考えられるのは、これらの束縛なり利益なりが、各個人の段階に直接つながっていれば、理解し易《やす》いし、処理も楽なのだが、複雑になればなるほど、間接的なものがふえて、そのからくりの全貌が摑《つか》めなくなることではないだろうか。

これを理解し、処理するために、私は一般の人々にも、スケールの相違ということを知って貰《もら》うとよいと思う。物的な計画や設計を担当している者にとっては、この尺度の差というのは、具体的ですぐつかめるし、いつも用いていることなのだが、社会や経済のことについても当てはまるのではないかと考える。

この尺度というのは、例えば建物や都市の例でいうと、一つの部屋のことを考えている時には、窓の大きさや、家具の種類が念頭に上るが、一軒の家を対象とすると、それよりも部屋相互の関係や、道路や庭とのつながりなどが気になる。更に町となると、今度は各戸の配置や道路の引かれ方などに関心が集中して、部屋の中の家具の良し悪しは大した問題ではなくなる。もっと広い範囲を対象とするときは、もはや個々の家も単なる数量の塊《かたまり》として扱われ、その姿さえ取り上げられないということになる。

すなわち尺度の違いによって、その取り上げる対象物が異なって来るわけだし、その対象物の相違によってそこでの拘わり合い方が異なるので考え方の重点も変って来るわけだ。

これを住居にあてはめて見ると、国土全体を眺めるなら、どの地方にどの位の人口を配分するかというような計画から出発するともいえる。この段階では、何某はどこへ行くのかはきまらない。

ある地域なり、都市なりを考える時には、もう少しきめ細かになって、人口の配分もどの位の密度で配分するかまで扱うだろう。それはある程度建物の大きさや密度までを想像できるようにはしてくれるが、やはり何某はどの家に住むかはきまらない。

一つの住宅群を取り上げるなら、少し家族の構成なども浮かび上がって来るし、どんな生活が営まれるだろうかが明瞭になって来る。そして時と場合によっては、何某はどこに住むかもかなり具体的となって来て、個との直接の拘わり合いはこの辺から切実となって来る。

ところで個の側から云わせれば、そのような全体からの枠づけなしに、なるべく自由意志で自分の住む場を自ら選びつくり上げたいのが本心である。勝手気儘《きまま》ができるならば、それが最上である。

しかし、一人がある空間を占拠してしまえば、再びそこに住むわけにはいかない。次善を選ぶ他ない。こうして次の次のという風に後に来た者は次第に理想から遠い条件の中で我慢する他ない。ブラジルなどの不法占拠のファベラ(1)などは正にこの法則通りに広がっていく。山地であれば、住居は時と共に不便な山頂の方に伸びるだろうし、湿地なら後から来た者ほど岸辺から遠い所に住まねばならない。

不法占拠でない場合には、この条件の良し悪しはそのまま、経済法則の上にのせられたりして、支払いの多寡でよい所を得たり得られなかったりということも生じる。これでは不公平ではないか。

この状況は、その集まる数が多ければ多いほど格差は大きくなり、歪《ゆが》みはあらわになって来て、その不公平さを改めなければという考えが生じて来る。この解決は全体をうまくある程度平均化するための対策を講じることによってしかあり得ないと考えられる。そこでまた全体からの枠をはめることになる。

それでは一体どの辺で両者の境界線を引いたらよいのだろうか。

集団としてそのまとまりを持つということは、本来は個の要求をできるだけ多数充《み》たすということにある。そうでなければ成員である個は集団と分裂してしまうからである。だが個の利益を充たすためには、個に対して一定の制約を課することになる。この制約が強すぎれば、個も耐えられなくなって反発するか、飛び出してしまう。

しかも人は誰でも、少なくともその生活の根拠地としての住居だけは持ちたいと思う。これが自由な形で得られなくなったばかりか、その場すら与えられない状況が、特に人口の多数集まっている狭い地域の都市という所では起きているのである。こうなると、集団をまとめている立場に立たされた人たちの責任だとなって来る。これが社会福祉国家という考え方になっていく。

そこで国なり公共団体は、その成員のための住む所を与えなければいけないということになる。そうなると全体の他の問題とも関連して住居をつくるならこの土地にということになり、これをこんな形でという風に個人を次第に束縛してしまう計画をたてなければならなくなる。こうして二ＤＫだの三ＤＫ、あるいはＬＫなどといった住宅の型が生じたのである。

ここで問題とされるのは、先ず一つはその占有面積の制限である。世帯によってその必要面積は異なる。その構成、年齢、仕事の内容、社会的立場などによって単に必要が異なるばかりでなく希望も異なる。

次にはその間取りであって、間取りは人間関係や生活の仕方の空間に翻訳されたものだからである。それに更に慣習や形の意味などがからまって来るのである。そしてそれぞれの家族がつくり上げている重点の違いが作用する。

更には住宅の中にどれだけの設備をととのえるかにある。今日では生活の最も根源的な水の供給も、公共的に行われている。また燃料の補充もそうであるし、光も、空気も、その他家具什器《じゅうき》に至るまで、いや食べるものまで都市と呼ばれる所では公共的に提供されて、そのサービスを受けられるようにすることができる。だがその場合、人々は提供されたものの中から選ぶだけのことが残されていて、自主性はどこかへ置き忘れた形になり易い。

具体的な例でこれをとり上げて見るならば、例えば台所はそのよい境界線といえる。ガス・水道・電気などは今日、殆《ほとん》ど公共のサービスに依存している。そして間取りが一定の所にこれが供給されているとすれば、そこを台所とすることになる。更にここに流しやガス台などが既に置されているとすれば、食事の用意をする作業は決められた所でやることになる。

しかしまだどんな鍋を使うか、どんな食器に盛りつけるかなどになると、公共の規制も恩恵も間接的となり、住む人の自由はかなり確保される。

この自由を拡大するのなら、台所の家具の設置も住む人にまかせて勝手に好きなものを買わせ作らせてやらせるべきである。

もっと自由を与えるためなら、台所の位置も自由であるべきだ。南向きの陽当りのよい方を好む人もあれば、天空光の一定している北向きの方をよいとする人もあるのだから。いわば面積だけを与えたガラン洞の住宅をえる方がよいということに戻る。だがこの場合には内部の整備は自己負担で投資しなければならない。公共のサービスという形の場合は投資されたサービスを使う間だけ僅かに負担すればいいのと比較すると負担は大きい。

ここで現代都市に住む人は決心しなければならない。自己負担をなるべく少なくて済ますためには、公共のサービスに依存すればよいがその代りお仕着せで満足しなければならない。自主自由を求める心が強ければ強いほど自前で処理しなければならない分野は多くなり、個人の負担としては時々限界を越すこともあって諦めなければならないこともある。

この要求の度合、満足する限界は一人一人異なるので、その境界線は一般論で定め難い。公共の側からすればなるべく統一されたものの方が負担も軽いし、考えも楽になる。一種の怠惰《たいだ》の方向である。さて難しい問題だ。

（一九七〇年 五三歳）

環境工学とは何か

私は、という個人的な体験から出発を許して頂きたい。ひげを生やして一〇年余りになる。この頃の若者の流行を追っているのでないことを証明したいのでこう書いたが、その一〇年間の経験で、少なくとも感謝している事がいくつかある。

私位の年齢のものがひげを生やしていないので、すぐ覚えて貰えることや、すぐ見つけ出してくれること、バーやキャバレーで女の子が珍らしがること。だがそれらは相対的なことで、皆が生やせば役に立たなくなる。

しかし、もう一つ、誰も気付かないことに私が歯医者に行かなくてすむようになったことがある。もう三〇年も前に歯医者から、あなたの歯はどうにもならない、使える間は使うのですね、と手当てを投げ出された歯だ。それがこのひげを生やして以来、痛むことがなくなった。

どういう関係か、医者に考えて貰いたいことだ。自然というのは誠によくできているものだと感心している。

南極の越冬がはじまった頃(1)、最初に参加した人たちは皆ひげ面をしていた。確か三回か四回目から皆越冬してもひげを剃《そ》るようになった。それは水つくりの設備が増強されたことと無関係ではないようだ。だが、どうもその頃から、南極も燃料消費が増大し、汚染の声を聞くようになった。

何故人間は毛髪がなくなりたいのだろう。脱俗の時には頭まで剃るのはどうしてだろう。美女は毛のなくなるクリームを愛用するのは何故だろう。毛むくじゃらが嫌われ、私のひげを淫《いん》猥《わい》だと人は評するが、どうしていけないのだろう。大切な所はすべて保護されているのではないだろうか。ある国へ行くと女性が頭髪を見せることは、陰毛を見せると同じ位に、はしたないこととされるに至るとは、どうなっているのだろう。

ある人の説では、衣服をまとうようになったことが原因だとしている。飾りのつもりがいつもつけているので、毛がすり切れて、直かに肌があらわになってしまった。そこで、逆に保護のために、衣服をまとわなければならず、たとえば、まとうほど毛はすり切れて裸の部分が多くなって、今日に至ったのだという。アフリカに行った時、着物を着ているのは、その部分が片輪なのでかくしたいからだろうと、裸の人たちから聞かれて、何とも返答に窮した。正にそうかも知れない。天から授《さずか》った完全な身体なら、誰にはばかる所があるだろう。

南極行きの訓練中に、防寒着をまとっていた私たちの所に、裸で過ごしましょうという人が、激励に来てくれた。零下何度という雪原でも彼は裸で尋ねて来た。ズボンだけははいていたのだが。私は、まだそこまでの勇気がもてなかった。しかし着物を着るというのは、どうも見栄のためだけらしいとその頃から考えている。

防寒のための設備だとは、どうもいえないようだ。衣類を拡大していくと、火を焚《た》いて暖をとることも、それをにがさぬように住居をつくることも、それが発展して暖冷房を備えることも、本当は間違っているのではなかろうか。夜をなくすために灯火をつけることも、電気をともすことも、皆無用のことのようだ。自滅への途を歩んでいるのではないか。

衣類を身につけるようになったことから、毛を失っていったように、何か新しい附加物を見つけて用いる度に、従来あった何かを失っていっているのだろう。防災の安全設備が考え出され、つくり出され、設備される度に私たちの危険に対する警戒心は失われていくのと同じだ。

今日、都市生活者は、水も電気もガスも、空気同様、いつでも供給されているものと思っている。ところが、急に空気も危いといわれてあわてている。まして水や電気やガスが来なくなったら、どうするのだろう。その訓練は皆無だ。かつて妙義山《みょうぎさん》の裏に逃げこんだ赤軍派の若者(2)たちは、釜も米も持っていながら、電気がないので飯にありつけず、野草を知らないので、インスタントコーヒーしか飲めなかったそうだ。それが生理的にあの狂暴性へ追いやったといわれる。環境への順応、それには二つのみちがあるのだ。一つは、己れ自身がこれに適応する訓練、今一つは、あまりに苛酷な時、それを緩和するための技術、この両者の均衡が求められるべきなのだ。今日では、すべてを後者のみで解決しようとする所に、巨大なる過ちを犯しているのではなかろうか。

（一九七三年　五六歳）

硬い殻軟かい殻

アフリカ動植物自然保護地区を見て廻っていた時に観察したことだった。平坦な広びろとした草原に棲《す》む鹿の類《たぐい》やキリンなどでは一番単純に理解できることだった。象の群《むれ》になると複雑で、ライオンはもっと難しかったが、車のなかにいるわれわれと彼らとの間の距離について、こんなことがいつも見られた。

自然保護地区に入ったのだから、われわれは彼らの生活圏に侵入しているわけだ。しかし彼らはわれわれがある一定距離に近づくまではなんら意にとめない。それが望遠レンズでどうやら彼らを写真のなかに収められるかというところまで近づいて行くと、それまでの行動を一時止めて、こちらに注意する。逃げられては困るのでわれわれは車を止め、あるいは方向をかえると、彼らは安心したかのようにさきほどの行為を続ける。

だがなおも近づこうとそろそろと車を進めてゆくとまたある一定距離で必ず逃げ出す。そして大丈夫と思われる隔たりが確保できると思われたところで止まる。これをなん回か繰り返しさらに近づくと、また一定の至近距離になったところで群のなかの強そうなのが、グッと立ち止まってこちらを睨み返す。その勢いたるや窮鼠猫《きゅうそ》を噛《か》むというくらいに猛烈である。こちらは車のなかにいて安全だが、ちょっとたじろがされるくらいだ。

象の場合はこれが集団的に組織立っている。彼らは集団で移動してある地点で食事となると、小さな群となって母子群が散開し、それぞれアカシヤの木立にわかれてゆく。これを包括するように大きな男象がその外周に歩哨《ほしょう》(1)に立つ。話ではこれらはかつてボス的存在だったのが、若手に席を譲った年長象だということだ。われわれが近づくとまずこの年長象が鼻をあげて警戒信号を示す。さらに近づくと逃避命令を出し殿《しんがり》を受けもって動く。さらに近づくと耳をひろげてこちらに立ち向かってくる。

ライオンの場合は母子群の散開度がもっとぐっと広くなるので、この状況をとらえるのは大変難しかった。

カバの場合は逃避は常に泥沼の方向に向かい、最後は水没して身の安全を確保するのでちょっと異なっていた。

これらの反応から個体を中心として周辺に四段階の空間占拠の圏域の存在することが類推できそうだ。

一番外が生活圏、その内側に警戒圏、逃避圏、そして個体にふれる直前の逆襲圏である。

コンゴー河を下るいかだ船の上で、その昔のスタンレーの『アフリカ探検記』(2)を読んでいて、この河畔のそれぞれの部族もまた上の動物たちと同じような反応を示していたことを知ったのだった。この四つの圏域は人間にも当てはまるもののようだ。それはさらに現代の文明人についてもいいえそうである。

ただ人間の場合には、いくつかの手続きをへることで、敵意が緩和される可能性を持っている。逆ないい方をすれば、愛情を拡大する可能性があるともいえる。人間の生活圏が拡大して行ったのは主としてこの特性に基づくものではなかろうか。動植物の場合にはこの拡大の可能性が大変小さいので、一定の組合せのなかでのみ生存が許された。人間は組合せのなかに不足が生じても、生活圏の拡大によってこれを補うことで地球上にはびこり出したものであろう。人類がそれを加速度的に行ったために、今や人間をとりまく環境に対し生態学的な調和にほとんど無関心、無感覚になりつつあるともいえる。そのなかでわずかに残っているのが、人間同士の関係ではなかろうか。

それはどちらかというと愛情拡大の方向として認識できる。もっとも近くにいて欲しいと望む相手、別れをさえ辛く感ずる人びと、家族夫婦はともかくそれに等しい親友知己が存在する。この人たちには自分の住居のどこでも自由にあけ渡すだろう。恥も弱味も隠しはしない。

これに若干のある部分は人に見せないが、といった友人関係がとりまく。家に招じ入れるが、玄関だったり応接間か居間、時に茶の間までといった限定した空間で止めるだろう。個人的なつながりがここではまだ成立する。

それより外に、知人とでもいうべき範囲の圏域がある。社会的なつながりで、人間関係もかなり部分的で、用事、趣味などが、ある一面でつながるだけだ。しかしまだ大勢のなかで、個人としては区別はしている。

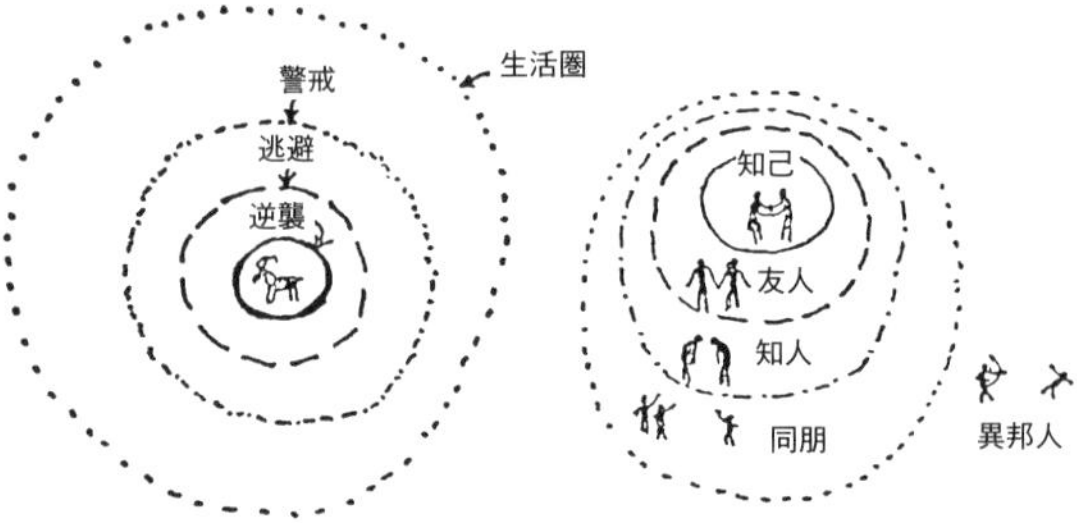

外敵への対処の仕方の四つの圏域　　愛情の度合の四つの圏域

個人を中心とする圏域

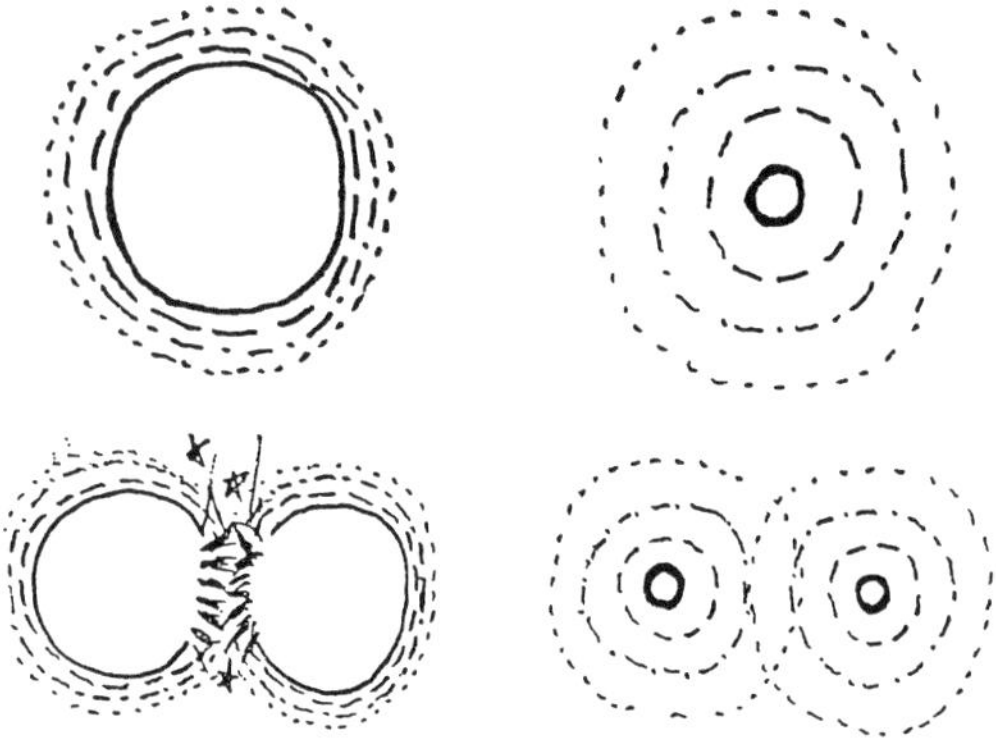

固い殻はすぐぶつかるが一旦つながると離れにくい

軟かい殻は他との接触は早いがなかなか知己のつながりにならない

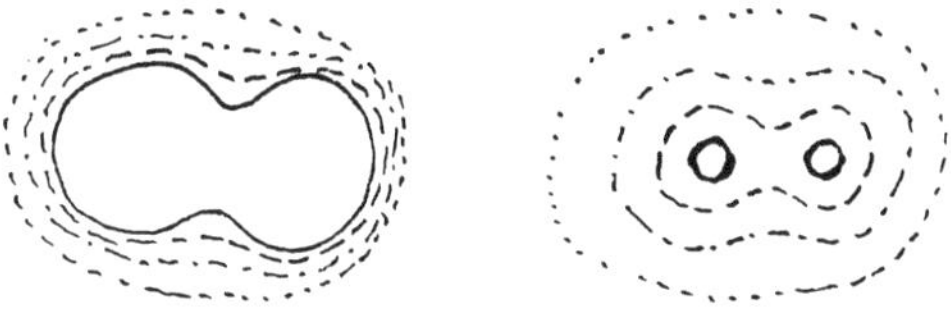

硬い殻と軟かな殻

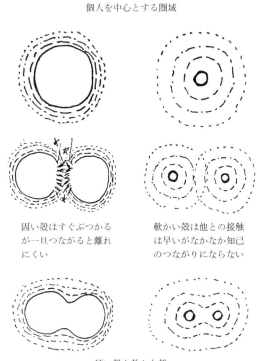

その上になると、個人としてははっきりしないが、集団の一員として認識はするといった部類がある。同窓、同郷、同国籍、同人種等々である。

その全体の外に、われ関せずの異邦人がある。この最後を除くと、やはり、知己、友人、知人、同朋といった四段階の圏域が存在するわけだ。それは前に見たものと大変似ている。

ドキシアデス氏の『エキスチック』[3]の本のなかに、エドワード・T・ホール氏の〈かくされた寸法[4]〉（The hidden Dimension）の説が引用されていたが、彼はアメリカ人の行動について、やはりこのような四つの区分をのべているらしい。私のひとり合点ではないようだ（そこでは、1. intimate, 2. casual personal, 3. social consultative, 4. public と分けている）。

ここで話題をかえて、四つの圏域が、一つには防禦《ぼうぎょ》の体勢として、一つは自己拡大の体勢として存在するわけだが、この四つの圏域のそれぞれの間の距離を問題にしてみたい。

極端な二つの例を考えるならば、一方には一番外の圏域（生活圏、同朋圏）と一番内の圏域（逆襲圏、知己圏）とがかなり等しいくらいに近づいたものと、これがうんと差のあるものとがあり得る。前者を硬い殻、後者を軟かい殻、と名づけておこう。

硬い殻同士が接触した時、これはたちまち火花を散らし易い。逆襲圏にすぐふれあい易いからである。だが一旦両者の間に和睦《わぼく》が成立すれば、これは知己圏として一体となる可能性を持つ。

軟かい殻の方はこれと逆であって、二つの殻がふれあっても互いにすぐには喧嘩《けんか》にならない。だが結ばれることも珍しい。なにか別な要因、例えば契約のようなもので間をつながなければならないが、これはいつでも破棄可能だ。ここでまた飛躍を許して貰うならば、農耕の世界は、どちらかというと硬い殻型の姿である。これは土地に密着していて、その耕す範囲、管理する範囲が限定される傾向にあるからでもあるし、一心同体となって収穫その他の時には協力を必要とするからである。

一方軟かい殻型の方は、牧畜型にむしろむいている。特に放牧形式では、広い世界を動きまわる形をとるので、個体と生活圏の差が大きいからである。

ところが長い間、農と牧では農の方が優秀な成績をあげ、先進国と呼ばれる地域として栄えたので、硬い殻型の方が支配してきた。自然の条件が農耕の方に有利に取り上げられてきたからだった。

これが欧州において逆転したといってよい。北欧の農耕型と南欧ないし地中海の牧畜型とがアルプスを境にして勢力争いをしたのだが、凱歌《がいか》は南にあがった。ここに価値の逆転があった。優劣の先入観が以前とは逆になったのである。これが農と牧、外の改造と内の順応との考え方を対等に、いやどちらかといえば外の改造の方を優位にするような方向で結ばれたのだった。

この農と牧の結婚によって欧州は新しい時代を拓《ひら》き出した。そこに生まれた子が工業である。それは数世紀にわたる胎動の結果であった。工業はまったく新しい人類とそれをとりまく環境への姿勢をつくり出した。まだ子供であって成人してはいないが、新しい人間の生態がつくられつつある。

それが例えば音楽などにもっともよく象徴して出ているのではないだろうか。東西の音楽をメリスマとシラビック⑸ということばで区別しているあたりからもうかがわれる。

東洋のそれは、地域や民族でそれぞれ独特の味があり、かつ民謡などでもわかるように、非常に個人的な抑揚や間でもっている。それにひきかえ西洋は一定の共通な規律のなかに変化を加え、多くの個が互いに助けあうような形になっている。アフリカもこれに似ているのは面白いことだ。東洋が硬い殻でぶつかりあい許しあわなかった間に、西洋特に欧州では軟かい殻が優位に立って北の硬い殻を包み込んでしまった。ここに相互の交流のみちが開かれたのだった。農耕も牧畜と結ばれて生活圏が拡大され、牧畜も農耕をとり入れて知己圏が拡大されたのだった。環境への順応と、環境の改造とがここで結びあわされて、両者とも可能性を拡大したのである。

かくて従来個体の延長で止まっていた工具をそれ自体でも独立し得る機械にまで高め、新しい子供として工業は育って行ったのである。

（一九七五年 五八歳）

木の文化

何かを浮き彫りにするときには、それと対比するものを眺めて見ることがよい。まだ学生だった頃に、石膏《せっこう》像のデッサンを習っていたとき、武石先生(1)から、まわりの空気を描いてみろといわれたことが思い出される。そこでまず木の文化を語るには、石や泥の文化を横に比較の物差しに置くのがよいかも知れない。

時間

木の文化は何といっても、樹木の生い茂っている所に発生した。荒涼とした岩山や砂漠は想像しにくい。

石や泥しかない所では、岩が崩れ、砂が移動しても、風景はさして変化を見せない。そこには永遠に続く力が示される。人生のはかなさを知った者には、この絶大と思える世界は恐怖の対象だ。その強権の下に、人は服する他にない。その陰に唯一神の存在を考える以外に、どうやって生きる拠り所を見出せるだろうか。

そこから逆に、永遠なるものへの憧《あこが》れが生じる。神への挑戦は、亡《ほろ》びないものを打ち立てることとなろう。時間の推移と共に死んで行く人間が、その創意工夫によって、いつまでも残る、しかも巨大なものを足跡として印したいと考える。

これに対し、森林の繁茂する世界は、ちょうど逆のことをそこに住む人に印象づけてはいないだろうか。

樹木もまた、人生よりは長い時間の存在である場合が多い。屋久島の杉は数千年の寿命を保っている。だがそれさえ、数万年、数億年、あるいはそれ以上続く石や泥との比ではない。まして、毎年生えかわり枯れていく植物の多い世界では、生者必滅《しょうじゃひつめつ》という考えの方が先に印象づけられよう。そこに永遠を信じる拠り所を見出すのは難かしい。

だが生命の終焉《しゅうえん》ということは何としても淋しくやり切れない。何とかそうでないことの証明が欲しい。樹は枯れて腐り土に還るが、そこに新しい芽が出るという発見は、どれだけ人々を勇気づけたことであろう。再生があるのだ。四季に循環があるように、乾季雨季が交互にやって来るように、あるいは寒さと暖かさが繰り返されるように、生と死とは交替して続くのだ。変化こそ永遠につながるみちだったのだ。

バベルの神殿が、一度積み上げたら、その表面こそくずれても、未だに山をなして聳《そび》えているのとは違う永遠性が、二〇年ごとに建てなおす伊勢の社《やしろ》に見出せる。そこには、一度努力すれば、努力しただけのものは残り、その上にさらに築けばさらに大きく積み上げられるという世界にはない、別の考えが育ったといえよう。

一度の努力は、なるほど一度は目的を果たすが、すぐにその日から崩壊をはじめる。これに絶えず手入れをし、維持して行く努力を怠らないことが、亡びからの脱出なのだ。そのいつくしむ心が大切だ。それは一つ一つの部材構成材の心をとらえなければならない。

多様な植物、様々な樹木にはそれぞれの生き方がある。その心をとらえることは、そこに宿る神々に仕えるに等しい。それは八百万《やおよろず》の神々の存在を前提とする。ダニューブ河の森林地帯から南下したドリア族(2)も、古代ギリシャの多くの神々の話を伝えている。それはメソポタミアの泥の中から生まれた超絶的唯一神とはすぐにはつながらない。この矛盾の超克、それが古代ギリシャの哲学を一つの姿に育てたといえようか。神への挑戦だ。宇宙の克服だ。

ヒマラヤの麓の森林の中では、モンスーンの厳しい対比的変化が、地中海の澄明さのように神への挑戦の勇気をつけることを妨げたのではなかろうか。むしろ神人一体化へのみちをとらせた。幽明の境さえ往き来できるようにしてしまうことだった。

木に育てられ、石に拠ってきたこの永遠性に対するとらえ方の差、時間の概念の食い違いは、どこでどうやったら、共通項を見出せるのだろうか。

空間

私はここにいる。だがここはどこだ。石と砂と泥しかない世界で、頼りになるのはその起伏と色や肌しかない。私がここにいる証《あかし》を示そうとすれば、選んで拾って積み上げるほかない。山みちのケルン、草原のオボ(3)、これらが僅《わず》かに私の位置づけを助けてくれるのだ。

それさえ、木の世界で育った者は、賽《さい》の河原の石塔ととらえる。崩れる方に目を向けるのだ。石の世界の人たちが、自己領域を確保したいとするとき、石を積んで壁をつくる。壁を信じ、その内側に安心を託する。木の人たちも木柵をつくり、あるいは横組みに校倉《あぜくら》をつくって同じ反応を示すが、石ほどにこれに頼ることはできない。

むしろ、常に監視の可能な見通しの効く方が安全につながる。錯綜《さくそう》とした森林のジャングルを切り拓いて、広場をつくる方が、敵の来襲に備えるに適している。一方が障害物を置くことで防備をかためるのに対し、ここでは距離をおくことで身を守るのだ。障害物は厚く丈夫であるほどよいのに対し、距離は離れるほどよいということから、高貴なものへの対応やその表現をかえてしまう。

宝物を収蔵して置こうという時、厚い高い壁を築き、金庫の扉のように重く堅いものに依存しようとするのに対し、いかにして距離をとるかがむしろ問題とされる。鳥居や、すけすけの柵であっても、ここからは神域だ、犯せば罰を受けるとして、ひろがりを確保することに重点が置かれる。簡単にいえば、一方は足し算的に加えれば加えるほどよいと考えるのに対し、他方は引き算的に、間に何もないよう減らすことがよいのだ。これは日常生活にまで反応としてあらわれる。

八〇円の買物に一〇〇円を出せば、引き算系の人は二〇円の釣を直ちに考える。しかし足し算系の人は、八〇の上に一〇を加えて九〇、さらに一〇を加えて一〇〇と思考する。

この距離に対するとらえ方の差は、人間関係にも、造形物の上にもあらわれる。己の広がりを保つために逆方向に力を働かしているといってもよい。すなわち、たとえば互いに自己主張を十分に闘わせ、その力関係のぶつかり合う所で境界を設定する。そこに契約を樹立して不可侵の条件を定めるという行き方、いってみれば放射状に働く力を中心とする態度が一方に考えられる。これは己以外はすべて敵と考えることを出発点とする。これに対して、どれだけ味方を引きつけるかという対応が考えられる。それは求心的な力である。どれだけ多くを味方に引き入れられるかが大切なのだ。敵をどれだけ押え込むかというやり方とは逆である。

そのことは造形面にも表れる。己の存在の刻印を隅々にまで捺《お》さねば気がすまないという気持ちは、たとえば装飾で埋め尽すという方向に走らしめる。絵は余す所なく描きこむことで満足される。

ちょうどその逆は、己の存在と周囲が無となることに求める。余白がすべて支持してくれるのだ。その余白に相当する所が広く大きいほど立派で高貴で豊かに感じられるのだ。社寺でいえば、前面の軒の出がはり出しているほど奥ゆかしさを感じさせる。庇《ひさし》から内陣までの間の空気の量、それは絵画の余白に相当する。軒の出の少ないのは貧相ととられるゆえんだ。

木の文化の世界では、一つのまとまった空間の内は一体である。その内部には区切りを設けないのが原則だから、異物の存在は好まれない。中世ヨーロッパの北欧の都市住宅が敷地の稀少なため高層化しても、内部に住むのは常に一家であった。木造のゆえだろうか。それに引きかえ、ローマは早くから他人の世帯が積み重なって住むインスラをもった。石造のためだろうか。

風土

樹木が茂るには何としても水気が第一だ。それに空気、太陽などが作用して一定の条件をととのえると、いろいろの樹種がそれに応じて育つ。寒冷地の針葉樹、暑熱地の広葉樹、中間の照葉樹などそれぞれの姿を呈する。あるものは直な姿に、他のものは曲りくねって、また堅かったり軟らかかったり、繊維がとり出しやすかったり、方向性を持っていたりさまざまな扱いを必要とする。

そして、樹木の繁茂できる土地では、その他の植物も育つから、勢い食糧もその実や種あるいは根に依存し易いし、そこに農耕の世界が開ける。植物性の食物をとっていると、草食動物にも見られるように、敏捷《びんしょう》で、細かい神経が働く。物を加工する時にはそれは器用さとして表われる。材料が木材であればこれはまた加工がしやすく、細かい細工も可能となる。ただし常に細長い材であるという制約があり、面として扱うのが難しい。巨木を求めて来なければならなかったり、今の技術を応用すれば貼り合せをしなければならない。大きな架構をつくるには、細長いものの組立てを工夫しなければならない。そのかわりに柱、梁《はり》、桁《けた》を用いることで中空の大きなかこいができて余白の精神を生かし易い。

また細い繊維は編んだり組んだりして、籠《かご》状の曲面をつくる可能性をもっている。これもまた網目状で空気の通うものだ。こうして仕切られた空間は必ずしも明快な境界を示さない。それはまたこの樹林の育つ地域の水蒸気の多い風景ともつながる。霞《かす》んだり、抑揚の細かい光のもつ世界から引き出してくる美の観念にふさわしい。

石や泥の世界は一般に乾燥している。空気は澄んでいる。光と陰は明確に白黒としてあらわれる。境界は線として、面として、立体としてはっきりさせなければ気がすまなくさせる。幾何学の世界へ関心は集まる。正確な比例が問題となる。

細長い石、細長い泥というものをつくることは難しいが、積み上げ、流し込むことで一つの大きな塊や面をつくることは容易である。穴をあけることは工夫を要するが、充塡《じゅうてん》することはいとも簡単である。ここでは天井をつくることは至難の術であった。ヴォールトやドーム(4)の発明があって、初めて内部の広がりが完結したのであった。

木造では早くから簡単に屋根がつくられた。蔽《おお》うことが先にできて、囲む方がむしろ難事業だった。壁に囲われた広がりをどうやって蔽うかと進んだみちと、屋根に蔽われた下をいかに囲うかと辿ったみちとは順序が逆であったように、石の文化と木の文化は反対方向から一つの所に接近したのだった。

一方が自然と人との区別対立、その確立に努力を注ぎ、神への挑戦に至ったのに対し、他方は初めから宇宙天体からの攻撃から庇護されて、自然と一体となって生きられたのだから、対立区別の理由を見つけるのに悩む。

再び食糧から人々の性格とのつながりをとり上げるなら、石の世界は植物性のものに頼りにくいため、動物性の食事、肉食の影響を受ける。猛獣と呼ばれる肉食動物との類似が思い出される。力が強さだ。ねばりが大切だ。用い得る材料が硬い石、扱いにくい泥、それらをコツコツと積み上げる執念、それは意志と意欲に依ってのみ完成する。何年、何世代かかってもよいのだ。一旦できたら崩れないと信じている。

今や地球上に、石の文化と木の文化とに育った二つの世界、(もしかしたらまだ別の水の文化などあるかも知れないが)それが互いに入り交り一つになることを求めている。石の文化の流れからすれば、押しまくって一つにするがよいというかも知れない。それを宣教師や、植民地政策や、軍事力やがやってきた。技術と経済もこれに乗りおくれまいと進められている。だがそれは相手を敵と見る所に、性悪説の臭いを感じる。

木の文化に従うならば、どれだけ味方とするかにあるのだ。相手の差異を尊重しながら共通項を求めるのだ。多様を多様としたまま相互の扶助でつながれる。味方への、友人への誠を頼りにするのだ。これは性善説をもとにしなくては成立しない。

所詮は一枚の紙の裏と表を見ているのだろうが、どうやったら一枚の紙と覚《さと》ることができるのだろう。

（一九七九年 六二歳）

自然、何を自然というのか

稀少な存在となって来たが故に、今日では人手の入らない自然もまた価値が認められるようになったのだ。

従来は雑草の原、雑木林とされていた所も、荒地と見なされた所でさえ、人手が入っていないというだけで、大切にしなければと考えるようになったのだ。まして美しい森や岩礁、渓谷などの所は珠玉として、宝物扱いされるようになったのだ。

つい一〇〇年前まで、自然、それも人手の入らない所ほど非文明として卑しまれていたのだ。あるいは魔境として恐れられていたのだ。魑魅《ちみ》や魍魎《もうりょう》のばっこしている所だったのだ。山の神が荒れたり、カッパにだまされたりするのだった。でなければ、むさくるしいさびれた、おちぶれた所とされたのだった。そのような所へ出かけて行く人は、およそ物好きか、冒険家か、でなければみやこ落ちや流人罪人と人なみの生活のできない人とされた人々だった。

美しい自然とは、その人手の入っていない自然に手を加えて、立派な水田に、畑に、あるいは植林をして、でなければ池をつくり、花を植えて庭園に仕立てあげたものをいうのだった。そうでない所は、たまたま庭園の自然に近いような、神の手でつくり上げられた特別な風景だけが、かろうじて美しいとされたのだった。天の橋立とか、松島とか、瀬戸内の多島だったのだ。

何千年という間、人類にとって生活しにくいこの地球上を何とか手なづけて、住みやすくすることが、大目標であった。だから安心して住める所が価値ある所であった。価値あるものは美しいとされ、そうでない所は美しくないと分類されるのだった。

そして、ここで人手の加わることが価値を高めることだから、人工の世界ほどよいとされてきた。それでも草木や動物を相手とするのはまだ下の方で、それから手を洗っても生きられるのがみやびであり、そのような場所がみやこだった。誰も彼もがみやこに住めればと憧《あこが》れたのだった。

しかし、みやこが成立するためには、広い地域にわたって、自然の恵みを集めてはじめてできることだった。みやこの模倣ごとがあちこちにつくられた。広い土地を相争って支配する努力に向けられるのだった。よく耕され、実り多い土地は争奪の中心になった。そのような所が美しい自然とされ、その美しい自然を多く持つことが、みやこを栄えさせ、そこに人工の美を生む結果となった。

土地争いは、地域的なものからさらに世界的なものになっていった。そのうち余程僻地《へきち》でなければ新しい土地も求められなくなった。そこで、みやこつくりも、要するに富を集めさえすればいいのだという考えになり、必ずしも土地と直接結びついていて支配しなくてもということをうまくするようになった。

自然を人切にする心構えは、この辺でうすれだした。要するに果実だけに心を奪われだしたといえばよい。技術の開発、流通の促進と相たすけて、それはやり易くなった。直接に自然とかかわり合っている所はどんどんと取り残され、鄙《ひな》と都の差は大きくなってしまった。まして、今まで手に負えない自然の中からさえ、人間の役に立つものをつくり出せるということが発明され、自然は単なる材料の倉庫と考えるようになった。

未開発の広大な自然が残っていた間、自然は無尽蔵の宝庫と思われた。大森林も、大海原も、砂漠でさえそうだった。

人手を加えることで人間にとって住みよい自然、生活の安定を与えてくれる自然、そこに見出す調和から、美しい自然ととらえていた心は、いつの間にか、欲の塊《かたまり》だけとなって、どんな所でも宝の山になるかならないかだけの自然、どうやったら儲けの対象に切り替えられるだろうかといった対象としての自然になってしまったのである。気がついて見たとき、人手の入っていない自然はほとんどなくなっていた。わずかに残されたこれらの自然が急にいとおしくさえなってきたのである。そのことにいち早く気づいて、国立公園という制度をつくったのが、一〇〇年ほど前のアメリカのイエローストーン・パーク(1)の誕生だった。

今や、人手の加わらない原生の自然は、わずかになってしまって、貴重な宝物にさえなってしまった。何千年を経た杉は、もはや一度切り倒したら、二度と得られないのである。だから、こうした所はもはや開発を控えてでも大切にしなければならないようになったのである。

だが、一方、地球上のほとんどの所が人工化してしまった。今日その人工の世界をどう扱ったらいいのかという、新しい命題が取り上げられなければいけなくなった。私が前々から生態学から有形学の必要を唱えて来たのは、ここにかかわり合うのである。

人工の景観は、人の手でつくるのだから、人の考え次第でどうにでもなるようなものだが、多くの人間がこれに拘《こだわ》っているので、強力な独裁者でなければ、一つの筋に統一することはできない。

絶対王権の成立したころには一時、そうしたみやこづくりも可能かと思われたこともあった。しかし、今やそれも不可能なほどに多くの人間が発言権をもつようになってしまった。

そこには、いわば新しい自然が発生したと見た方がよい。人間ももとを正せば自然の一部だったのだ。その人間がうようよして、人工の世界をつくっているのだ。植物が森林をつくったのと同じではないのか。

この新しい自然のあり方、その中で人間がもう一度うまれ生きることを見つける必要がある。そこに調和を見出せるようなあり方を発見しなければならない。それへの近道は、美しい姿はどれかを見つけることだ。

（一九七三年 五六歳）

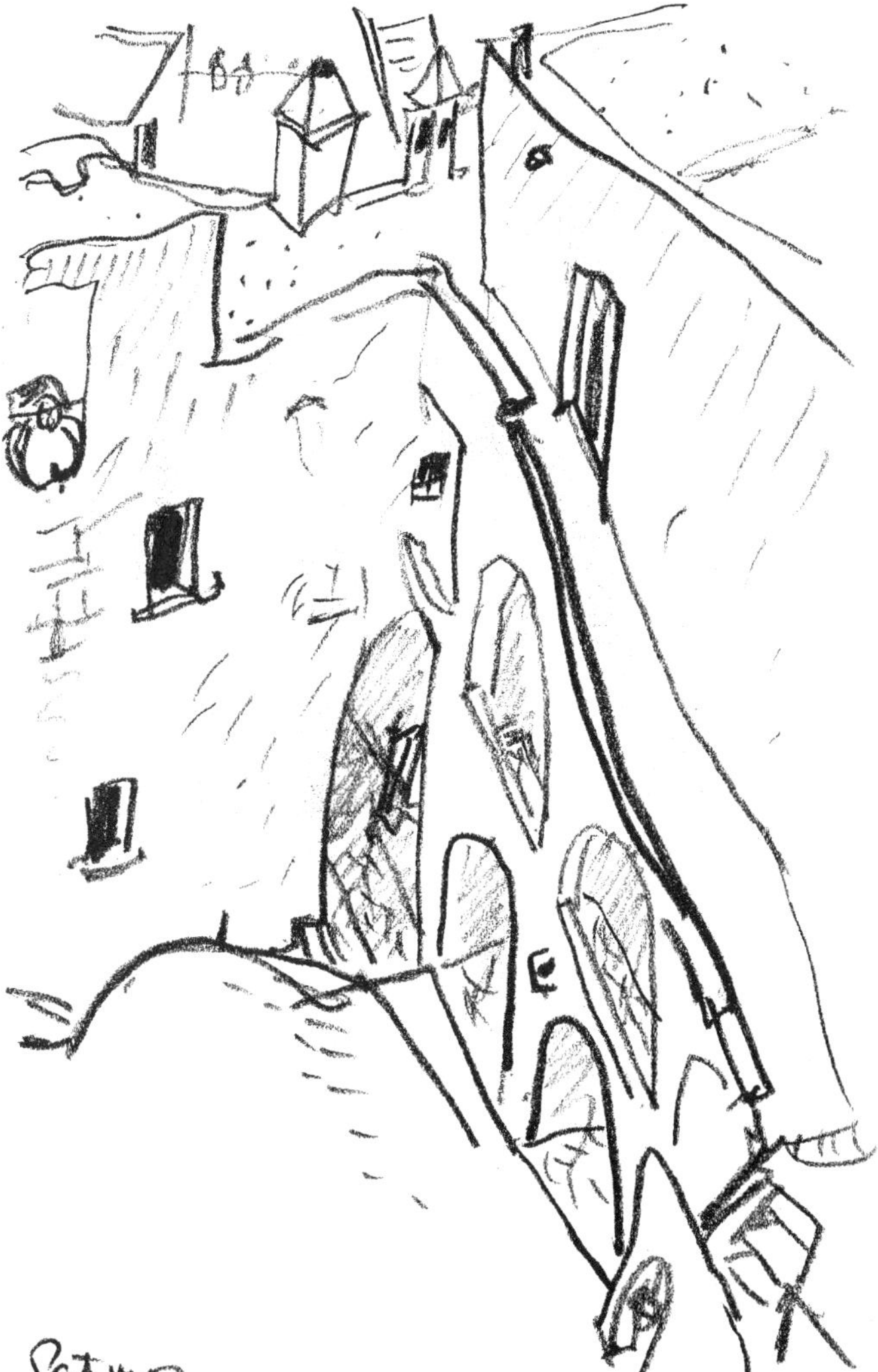
Patmos

ファサードについての断章

一

単純にしていえば、一八三〇年から百年後の一九三〇年の間に、世界の人口は、一〇億人から二〇億に、要するに倍化した。地球上に平均的に人口が倍になったわけではないが、この変化は、特に増加の激しかった地点では切実な問題として感じられた。

先ず感じることは、多勢の子供らが駆けずり回って賑やかになり、母性愛を刺激することだ。やがて旺盛な子供たちの食欲を充たすのに大わらわとならざるを得ない。その子供たちが社会に巣立つ頃になると、忽《たちま》ち働き口や、結婚すれば住の問題が追いかけてくる。その結果、町は次第に建てづまりになって、何となく以前よりせせこましくなってくる。ここで早く気付く人は、世の中の仕組みが今まで通りでいかないと知る。ある人は旧来のものを守ろうとブレーキをかけたり、他の人は新時代に即応すべく革新を唱えたりすることになる。旧守と開化の対立が目立つようになってきて、両者の勢力争いが進む。しかし、まだどうしたらよいのかわからない。

旧来の秩序は、新しい世代の波が広がるにしたがって崩壊していく。生活の躾《しつけ》は子供らに受けつがれない。倍の人口の所では、旧来のしきたりでは問題がとけないからだ。沢山の子供らに懸けた家族繁栄の夢は、予定外の方向に進み出すのだ。言葉が乱れ、礼儀は簡略化され、親しさとぞんざいとが混同され、普段着と礼装とが入り交じる。そして最後に舞台装置たる建築にその影響が及ぶ。

若者たちは新しい仕事にのり出し、ここでも従来のしきたりとの衝突が起きる。統一的だった秩序、その有機的な一貫性は徐々に崩壊し、他の要素を受け入れざるを得なくなり、妥協を求められる。折衷《せっちゅう》が一つの解決法かとそのみちを探る。それは統一された世界への未練のしるしだ。

二

だが一九三〇年から一九六〇年、わずか三〇年で世界人口はまた一〇億人を追加した。人口増加が平均値でさえ倍になったことは、とくに人口の集中を部分的には六倍、一〇倍といった比率で見せる。各国の都市人口の伸びの統計はこのことを証明している。人々は生きのびる手だてを求めて、最悪の条件の所へでももぐり込むものだ。多人数のいる所では、惨めで滑稽《こっけい》なかっこうをするだけでも施しを得る可能性がある。この人たちに「ちゃんとした」生活を要求することはできない。

ここで支配層の統治能力が弱まってくれば、秩序の維持は不能となる。倫理は乱れ、何が犯罪かも疑われ、治安さえ危うくなる。ことばの概念は拡大解釈され、意味はずれて、価値基準があやしくなる。何が美しいかわからなくなることで、人々は自信を失う。

人口集中の都市の組み立て直しからはじめなければならない。全く新しい発見による他ない。こうしてあらゆる権威の干渉から離脱せざるを得ず、しかももう一度自己の独立と優越の拠り所となるべきものを探し出さなければならない。それは本質への肉迫の問題だから、哲学の分野に足をふみこむことになる。

すると、ここでまた少なくとも四つの分岐点にさしかかってしまう。そのどれかを選ばなければならない。

①外からの刺激への反応によるみちは、その場その場の対応はできても、何か頼りない。あまりに多様な姿、時には矛盾した要求の前に、外界を自己同化するのに苦しむ。自閉症にでもかかった方が無縁となってよいとさえ思わしめる。帰納的に法則を摑み出すことは大変に難しい。

②そこで後天的に受けた経験の蓄積の中から、何か筋は見出せないかと考える。己の関係する範囲では、それで実務的には解答が得られるかも知れないが、果たして汎用《はんよう》にたえるだろうかとの疑いは残る。仮説として出してその実現をためす他ないし、新しい技術が伴えば可能かもしれない。少なくとも物質的な範囲には答えが出せそうだ。建築に対しても。

③しかし、新しい提案を持ち込めば、世の中の力関係は動く。振子のように行ったり来たり

して、一定の周期で右し左するのだろうか。それとも螺旋《らせん》状に、もとの所へ戻ったようで、実は一齣《こま》ずれているのだろうか。あるいは破滅に至るのか、どんでん返しになるのか。仮りにそのいずれかであるとして、今という時はそのどの過程にあると判断できるのか。弁証法というのは筋としてはわかっても、どうやって変化の速度が知れるのか。

④それより、肉体と精神の統一をはかって、天地自然と一体となることで霊感に訴えた方が、啓示を得られるのではないだろうか。なまじ論理的な思考に頼るより、釈迦やキリストやモハメッドの直接的な進路の方に答が見出せるのだろうか。

三

深く耕やすほど豊かで立派な実りを得るということは農民たちが身体で覚えたことだ。思考の上で同じように進めようとして、それにしてもずいぶんと回りくどいみちへ私は踏み込んでしまった。この方向の追求では不毛かもしれない。実りは建築の表情としてファサード[1]と呼ばれるようなものが求められているのだ。追求の順序が逆だったような気がする。

建築の表情には、表情自体の中にまた別な何らかの法則性がひそんでいる。人の顔の骨格がどうであろうと、犬猫や魚でさえ、喜怒哀楽、恐懼《きょうく》といったものが表情として読みとれる。何をもってそれを知るのか。しかもそのいずれの表情の中にも美醜を分かち得るということは何か。どうやらこれは肉体内部ともいうべき小宇宙にかかわるらしい。生命が何であるかとの関連のようだ。『般若心経』が眼耳鼻舌身意《げんにびぜっしんい》と呼び、そのあらわれとして色声香味触法《しきしょうこうみそくほう》と唱えているものによるのではないか。

すなわち、外からの刺激に対する共鳴、反発、そうした呼応に基本がありそうだ。外の状況がどうあろうと、むしろ内の方が生体を媒介としてどう反応するかということだ。ここで思い当るのは、笑顔をして怒るということがどんなに難しいかということだ。そしてまた、幼ない頃の経験が一般に楽しい思い出なのも、旺盛な生命力、健康、楽観、驚きと感激として受けとるからであろう。そこへ戻って探すことだ。青い鳥は他所の世界ではない、己の心の内にいるのだということか。軽い重い、硬い軟かい、暖かい冷たいというのも、外に基準があるのではなくて、生体を通じて、内で感じることではないのか。明暗また然りだ。暗い所に慣れた目には一寸の灯でも明るい。眩しくさえある。しかるに昼のあんどんは一向に冴えない。大きいとか小さいとかいうことでさえ自分の身体とのかかわりだ。子供の頃に広いと思った道路へ、しばらくぶりで大人になって行って見ると、えらく狭いものだ。

そしてまた、音楽が聞こえてくれれば、おのずと腕をひろげて鳥のように踊りたくなるものだ。スキップしながら身体を傾け右に左に飛びたくなる。生理心理的な反応だろうが、気分はそのまま姿に映しているのだ。

これを幾つも組合せていけば、バレーのレ・シルフィド[2]みたいに、空気の精たちの喜びや悲しみなどの舞踊にまとめられる。あるいはまた、古くは中国名医華佗《かだ》[3]が、虎、鶴、熊、猿、鹿の動きの中から、そのような快感を生む運動を選び出し、内臓疾患まで治療してしまう方法を見出したのにつながる。

生理的に健康な状態というものは、座禅を組んだ時のように、どこにも力の加わらない、力の集中しない均衡状態だとすれば、造形の中に見出す均衡もそれを生理に翻案しているのではあるまいか。比例のよさもまさにこの均衡につながるのだろう。シンメトリーが特にその中で重要となるのも、人体の組立ちと関係がある筈だ。しかしそれではあまりにも静的で、死に近い。生きているということは動くことだ。それは刻々の均衡の変化と見てよかろう。なめらかに次の均衡に移れることが大切だ。多分ある造形を知るときその線を目で追い、その面を手でなでたりする時、筋肉がなめらかに働くようだと、それはうまい線や面だ、美しいと評価するのではなかろうか。

もしある繰り返しがあるとすれば、それは呼吸や心臓の鼓動とのかかわりにある筈だ。歩調にも関係するだろうか。そしてまた驚き、感激といった急な変化というものも、その波の変化として伝わるのだろう。

そして、ちょうど肉体を自由にあやつることには訓練を要するように、造形を通じてその気分を表現するのにも、努力のつみ重ねを要し、一つ一つの動作を意識せずともおのずから移行し得るように、慣れのうまさ自由さとなって人々はこれに感心するのだ。ギクシャクしている間は未完成と見るのだ。

四

大工さんたちが昔、日本の木造家屋を建てた時、それは江戸中期頃から完成された手法であろうが、各職方との分業もうまく割りふられて、一つのまとまった姿、少なくとも建つ前から、あんな姿になるだろうかと想像がつく仕上りを見通すまでに至っていた。

誰がつくっても、少しばかりうまい下手、少しばかり材料の良否があるだけで、割に揃《そろ》っているから町なみも一つの雰囲気をかもし出していた。

その頃、ファサードとは何だったろうか。今と同じように、建築部材は多く規格化されていた。それでも最後の手仕上げが残っていた。

見えがかり(4)をどうする、見込(5)をどうする、彫りをどうする。それともう少し大きくかかわって来るのがむくり(6)や反り、そして間や隅切り(7)、面とりの度合、仕方。

煉瓦《れんが》の国には、煉瓦の方式があった。積み方は目地に、固め所に石を、控えのとり方を、などが長い年月かけて職方たちが築き上げた施工の方法として定着していれば、ファサードはそれをどれだけ駆使するかだけだった。

鉄やコンクリートが出てきて、その束縛がなくなった。頼るものがなくなって、しばらくは、この新しい材料の使い方探しがあった。職人たちが探したことを技師たちがさぐって、新しい姿を求めた。

今までになかった高さ、今までになかった大梁間《おおはりま》、(8)それへの挑戦は情熱的におこなわれ、次々と新しい姿が生み出された。それは旧来のファサードをすっかりかえさせるきっかけであった。それらが目立つ建物に用いられたから大きく話題を呼んだ。

さらに夢をふくらませて、できるかできないかはわからなくても、ある構成を考えて描いて見るということも刺激となる。重力からの束縛、自然材の変容変質からの離脱は次々と進んでいく。こうして新しい建材がそれからそれへと工夫され、誕生し、その出はじめの頃にはまるで万能かのように至る所に用いられる。

未熟な使い方、誤った利用などがさまざまな欠陥として指摘されて、新材料は浮き沈みする。やはり伝統の材料はいいいと逆戻りの反応もでて来る。だが、いや増しつつある建設需要は、そこいら中から資源をかきあつめ、長い年月かけてできた材料などは涸渇《こかつ》に瀕するに至っている。やはり新しい材料で補う他ない。

ところが新材料はとかく単能的な要求を充たす。薄くてすむことから、建物全体までうすっぺらに見えて来る。急場をしのぐ要求も多いので、これらはついそのまま用いられるが、まだ耐久性についてはっきりしないものは、いつ急速にあちこちで人災となっておそってくるかわからない。

五

ル・コルビュジエ(9)の所へ行った一九五〇年ごろ、彼はモデュロール(10)の発見をして間もない時だった。彼の著書の書き出しの所にもあるように、絵葉書の角をミケランジェロの作品の上に重ねて、その直角の頂点の置き方いかんによって、両辺が建物のファサードのある要素の対角線となることの発見が、そもそものはじまりだった。したがって、直交する線の一群によって、ファサードは構成されるならば、ある魅力を発生し得ると彼は考えていたらしい。少なくとも、その線（基準線とさえ呼んでいる）によって、検証して見ることで、安心したかったのだ。

モデュロールの各寸法は、この基準線が自然に生み出されるような各部の寸法決定のためのものだった。一対二の比例とフィボナチの級数、それから生じる黄金比などと過去の美学上の論争となった数値が不思議と入り交じったものであった。

建物がだんだんとつまってくると、隣りとの間が平面となり、何となく四角形のものがふえてきた。隣と接してしまうに至ると、正面だけが残り、立面というのは平面的な垂直の面に過ぎなくなり、そこの割りつけがファサードの表情を決するようになる。こうなると絵画と同じに近い。モデュロールや基準線という方式は大いに役立ち得る。

そしてまた、この使い方の変化もいろいろ工夫可能だ。まずは、『モデュロール』の本に例題が出ているような、モデュロールの格子遊びというのがある。なにかの理由で面的な壁を分割しなければならない時、その分割の寸法割を快いものにするためのやり方だ。窓の割りつけであり、窓の格子の割りでありコンクリート枠の目地割であり、パネルの大きさとその継ぎ手の位置設定であったりする。同じ工事費でも一寸した配慮で大変落ちついた感じになったり、半端に見えたりすることは経験した所だ。

だが、その意図が余りにむき出しに見えると、人々は逆にそのきざっぽさが鼻について嫌うものだ。そこで、一段それをかくすことが考えられる。ロンシャンの教会[11]の乱れ窓の方式だ。まるででたらめのように窓を配していながら、実は予めモデュロールの格子割をして置いてその中のいくつかを残して、あとは消したのだ。竹林が地下茎で一体となっているみたいに、バラバラに見える窓が見えない所でつながっているのだ。

このモデュロール格子の遊びは、まだいろいろに展開できる。それは建築の構造体の寸法決定、階高の決定、使用材料の区分、寸法の選択などと、機能としての使い勝手と組み合わすこともできる。その比例のよさを示すことで、やりっ放しという感じから抜け出せるのだ。造形的な秩序立てとでもいえようか。

しかし、この手法は、壁面というのが先ず主題として存在する必要があるようだ。壁面というが、不透明である必要はない。カーテンウォールもガラス壁面としてこの部類に入る。だがとにかく、面的な存在が建物のファサードというものに一番近いことを必要とする。内外の境界のつくり方の問題なのだ。物的存在でこれを示す必要の時に、面（その厚みは関係ない）が利用される場合なのだ。

六

内外の境界を引くのに、同じ物的存在を利用するにしても、面としないでもやる方法がある。その極端な例は犬の小便である。臭いの囲いがテリトリーとして成立するのだ。国旗が立てられることで領有を示すのもそうだ。この場合は面で囲むとはいい切れない。そして、モデュロールの格子遊びも使いようがないのだ。

土地測量の時に打ち込む杭、そのベンチマーク(12)だけでよいのだが、考えて見ればある記号を配置することでその周囲を一定の支配下に置くという空間占拠の方法なのだ。建物がこうした手法でつくられる時そのファサードとは一体何か。庇の線、犬走り、列柱、手摺《てすり》、階段などといったものが、一つの面とは関係なしに配されて来ても、建物の内外の境界は次第に出来上ってくる。ここでは知らずのうちに外から内へ入ってしまうことになる。その深い彫り、彫りのあり方に生命がある。水面が扱われ盛土が用いられるあたりはかなり土木的である。その上へいきなり、象徴性のある造形が載る場合が多いのではないか。建物自体さえが象徴となる記号といってもよい。鳥居であり、ひんぷんであり、灯籠《とうろう》であり、亭や拝殿であり、回廊であり、能舞台であったり、塔婆《とうば》だったりするだろう。そうしたものの伝統の上で空間を構成して来た所ではファサードの考えは輸入品だ。内外貫入のあり方に建物のつくられ方があるからだ。

七

アルハンブラの宮殿(13)は一体どれに属するのだろうか。丘の上に見上げる時、それはほとんど壁的存在だ。所が、一度門を入ると中庭につぐ中庭であり、その間が室内か室外かわからない。あれはすでに内部で、ファサードというのは城壁の外から眺めた時のことだろうか。

しかしもし、ファサードというのが、すべて私たちのふれ合う壁面であるなら、室内についてもファサードということがいえるかもしれない、とアルハンブラについて考える。そして他の所でも同じ語らいのようなものはあるだろうが、ここでは饒舌《じょうぜつ》なまでな、あでやかさに全く目を見張る思いがする。

壁面の表情ということについて、ぶっきら棒に中味を伝える工場のファサードなどにくらべれば、ここには、本心がどこにあるのか、何をいわんとしているのか、それさえわからなくなるほどの美辞麗句がならべられていて、その素晴らしさに酔わされてしまう。

似たようなことを中国の園林邸宅(14)に見る。外の塀とそれに臨む楼閣よりは、中庭からの眺めにファサードともいうべきものがありそうだ。アルハンブラよりは自然木や自然石の築山《つきやま》などが加わっているが、蘇州での実例などを見なおしていると、アルハンブラと共通の何かを持っている。

それは礼儀作法のあり方に対する人々の反応に関連していると見てはいけないだろうか。人間関係の円満な維持のための仕きたりというのがある。素朴な心の表現でよい農村的な泥臭い世界に対し、貴族社会の中の権力の複雑な関係の中では、煩瑣《はんさ》なまでに形式をととのえて置かねばならない世界との違いだ。それが美的な儀式にととのえられるように、建築の表面的な装飾が整えられる必要を生じるのではないだろうか。ヨーロッパの王宮はまだそれから見ると単純だ。もう一つ人間の複雑な反応を経験していないのかもしれない。またしても私の思いは出発点の人口問題に戻ってしまう。人間関係のあり方、円満に生きるための工夫、それにどれだけ建築の表現によってまかなえるものかと。

（一九八〇年　六三歳）

地表は果して球面だろうか

かつて私たちの住む土地は、おのころ島[1]だったり、円盤だったり、丁字型の海を囲む陸だったりしたのに、今では球面ということになっている。一体どれが正しいのか。

好き嫌いが出発点か（環境の認識）

頭の上に赤い灯がついている。そして赤い光を見ると近づくように動き、一定間隔まで来ると衝突しないように方向転換をするようにつくられたロボットを何台も同じ空間内に入れて見る。互いの頭の上の赤い灯が刺戟《しげき》してそれぞれが多様な動きをはじめる。

どちらの赤い灯の方に動いたらいいかなと迷うもの、まっしぐらに進むもの、それを追うもの、同じ機械だのにロボットにも個性があるのだろうか。そんな実験を見せてもらったことがある。

　あれは三つ以上の点の力学に過ぎないのかも知れないが、人間はまだ三角関係を解けないようである。コンピュータも二進法に過ぎない。だからロボットもその二進法で自分の進路をきめるので、まるで人間のように個性があるかのように見えるかも知れない。たまたまリーダー的な方向に動き出したり、追随者的になったり、決断のないのになったりするらしい。

　それはちょうどひなが何を親と見るかのすりこみ現象にも似ている。卵から出たばかりの家鴨《あひる》のひなに、ブルドッグのおもちゃを与えると数秒ならずしてこれを愛する。別のひなに機関車のおもちゃを与えても、風船玉を与えても、それぞれは一番最初に接したものとの強いつながりを持ち、これを忘れない。

　われわれ人間も、赤ん坊の時にはじめに受けた刺戟で潜在的な好き嫌いを決められ、そこに愛を感じ、また執着心を育ててしまうのではなかろうか。環境認識の差別もそこから生じるのであろう。

　アフリカのコンゴー河の支流、イツリ河の森の中に住む小人のバンブチ族は、蟻塚《ありづか》を宝ものとしていた。人の背丈位ある泥の塔がジャングルのそこここに見られた。もう少しすると翅《はね》が生えて蟻がとぶようになるのだ。その時これを崩して食べると甘くておいしいのだとのことであった。そして大事そうに毎日これを見まわりに行くのだった。

アラスカのエスキモーの所を訪ねた時だった。向うから、日本では鮭は食べるかという質問を受けたので、もちろんだと答えたら、毎日食べるかと重ねての質問。いやそう毎日ではないといったら、それは可哀そうに、毎日食べられないのかと同情された。そして御馳走してくれたのは鮭で育てた蛆《うじ》むしのスープである。碾《ひ》いた黒ゴマを振りかけたお粥《かゆ》のような姿だった。舌触りは信州あたりで出される蜂の子に似ていた。これは特別の接待であるらしい。

沢庵《たくわん》と味噌を持たずには世界一周旅行に出られないという人々のことを軽蔑《けいべつ》することはないのだ。ビクトリア時代のイギリス人は、世界中に英国紳士の風俗習慣を文明人の象徴として押しつけて歩いたではないか。そしていまや、国際観光ホテルの格式は大体この方式を守っているかどうかを規準として今に至るまで続いている。その存在が文明国の証明で、その他は野暮国という分類さえ発生しかねない。

その昔古代ギリシャの人々が、ギリシャ語やギリシャの慣習の通じない世界を一括して、バルバロス(2)と呼んだのも同じことだ。だからといってどちらがよいのか悪いのか、どちらが正しくてどちらが邪《よこ》しまなのか、美しいのか醜いのか、整っているのか雑然としているのか、役に立つのか害になるか、あるいは本源であったり末流なのか、どれかが本ものでどちらかは偽ものなのだろうか。何がその物差しとなって決まるのか。相対的なことに過ぎないのか。それとも好き嫌いの確率分布の結果だけだろうか。

生存限界の拡大能力、だが……（環境の対象）

毎日四〇度の暑さの所に暮らしていたら、摂氏二五度に下った時えらく寒かった。だがまた別の機会に零下四〇度で徹夜の軍事訓練を受けていた頃には、氷点下二五度でも外套《がいとう》を必要としない程に暖かく感じた。これは僅かな個人体験だが、その場に居合わせ住んでいた人たちも同じような感想をもらしていたことからすると、人間一般の反応と見てもよさそうだ。

温度的にはえらく幅狭い所にしか快適さはなくて、それでいて耐えられる極限はそれにくらべればかなり大きい。しかしそれとて自然界全体でいえば誠に小さな範囲のことだ。

地表だけとっても、宇宙の全く微細な部分だが、それでさえどこでも生存できるとは限らないとすると、人間中心での生活圏などは誠にとるに足りない小世界、しかし文明というものを発明したおかげで生存限界は随分と拡大されたかに見える。それでも孫悟空がお釈迦様の掌の上を往復して得意になって三千世界を見て来たように威張っているに過ぎない。

確かに思考の上では無限大の世界も、あるいは無限大のさらに外の拡大世界も考えられる前頭葉の働きを持ち、その幾分かについては望遠鏡やら宇宙船や、あるいは電波などで客観的資料を得るまでに至ったとはいうものの、生身の肉体は相変らず小宇宙の中に跼蹐《きよくせき》(3)し、内部の微細な目にも見えない小さな力の働きに左右されて、漸く生命を保っている。いってみれば人間は無限小と無限大の中間の一という単位の前後だけの中に生きている。

最も身近かな所では、すりこみの原理によって密接な関係を結びつけるが、遠ざかるに従って大ざっぱなかかわりしか認め得ない同心円的な世界に浸っているのだ。ある者は身の廻り数メートルの範囲にその全精力を費《ついや》しているし、他の者はその影響圏を拡大しようとする余り、近か間がおろそかになってしまったりしているのだ。所詮は、各人の持つ一定の総エネルギー量をどの範囲にばらまくかの違いに過ぎない。

過去から未来にかけての時間系に関心を集中した男性は、前後左右の空間に気を配る女性と一緒でなくては生きられまい。性器が示すように、周辺部のみの女性にとっては中心部の確認は強い欲望であると共に恐怖でもある。中心《ミリユウ》と周辺、周辺《エンヴァイロンメント》と中心の関係を体得することで、人々は宇宙と自分、自分と宇宙とのかかわりを知るのだ。その一体感は限りない歓びでもあるのだ。

その歓びは歌となり、踊りとなって表現されるだろう。そうした表現を媒体として関係はさらに密に結ばれる。そしてやがて媒体である表現はそれ自体独立して、逆に歓ばしい関係を暗示するようになる。ことばや、歌や踊り、そしてまたさまざまな物に託してこの表現はそれ自体洗練されていく。感動を直接身に覚えている間は表現は暗示で足りるが、次第に本源から遠ざかるにつれて、表現はそれ自体で激しい感動を起こさしめるまでにくふうされなければならなくなる。神と人とを結びつけた十字架のキリストも、初期には抽象的な表現であったのが、時代が下るにつれてより具象的となり、さらには苦しみの表現を克明にしなければならなくなっていく。仏像もまた同じように法輪や曼陀羅《まんだら》の抽象図形は次第に具象を加え、複雑化していくのである。

これが同じ感動を多くの人々に伝え、その人たちをつなぎとめる手段なのだ。それは生理的、心理的あるいは精神的なものの生体化、人間再現化の動きであるが、それは進めば進むほど本来の心の内の生命が逆にうすめられていくもののようだ。同じことは肉体自身の持つ体力が、それを補助する道具、機械が精巧になればなるほど衰えるのにも似ている。文明というのはそのような作用があるのだろうが、時にまたもとの生身への活力づけを求めねばならなくなるのだ。

メビウスの輪（環境の構造）

個体と集団とを、メビウスの輪の相対する一本の縁になぞらえ、これを折りたたんだような図形にしてみる。

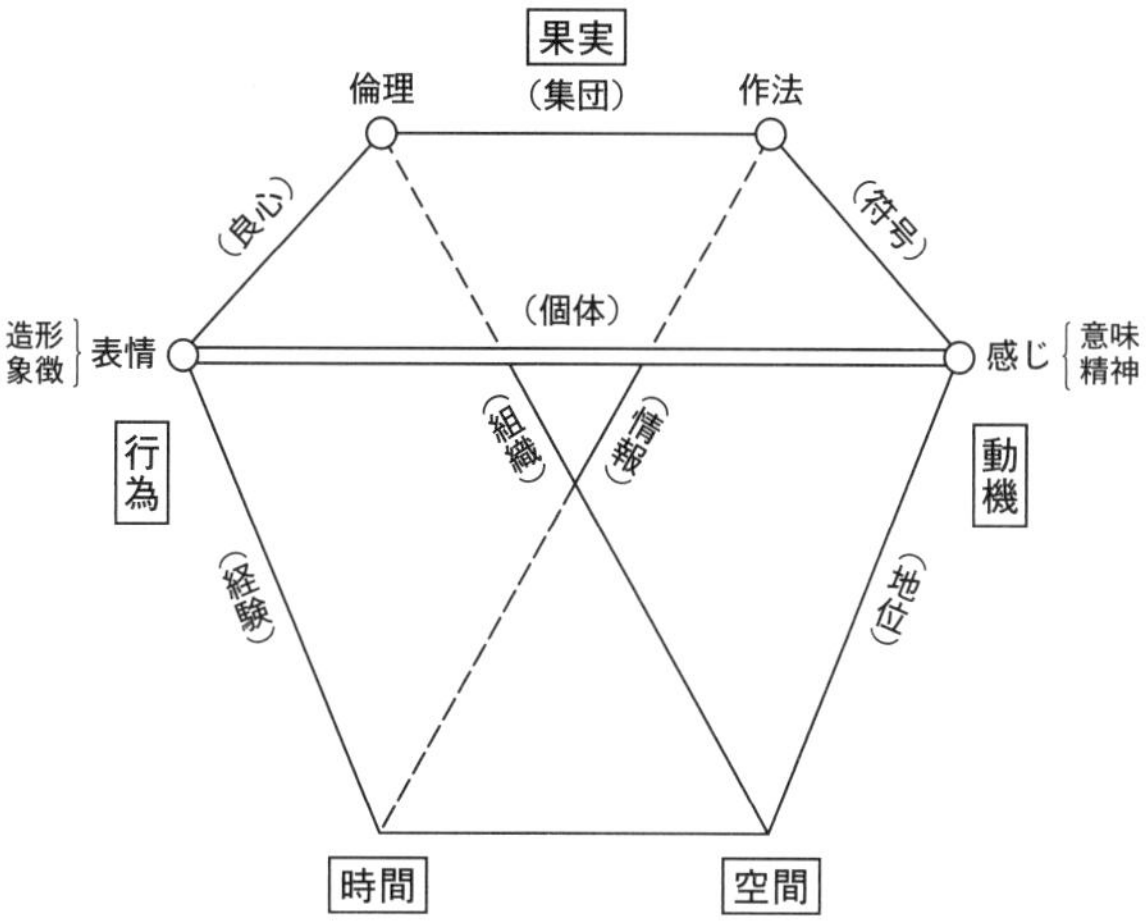

かりに折れ目折れ目の所を何かにたとえるとすれば、〈時〉と〈空〉との角から、それぞれ個体と集団とが縁を通じて結ばれ設定される。〈個体〉と〈集団〉との水平な縁を環境の中での内容と表現とを結ぶものとする。

まず個体の分についていえば、空間的周囲の刺戟を受けて何かを感じ、（右角）その反応として表情（左角）にあらわす。これを逆に辿れば正坐《せいざ》瞑想《めいそう》すると、心は安静を得るというヨガの方法をも示している。

また個体はその存在する空間の中で、いつもここはどこだ、自分はどこにいるのだという問いを発し、それがはねかえって集団の人間関係の中での位置付けとなる。

一方個体の表情は行為となって、いろいろの反応を受けて経験を積む。

今もし集団が単なる烏合《うごう》の衆でなく、原始的な集落のように同じような体験と反応をした個体のあつまりとすれば、そこに共通項ができて来て、集団として纏《まと》まるための一定の約束（組織に発展）をもつようになり、その集団の構造を形成するし、それを個体についていえば良心となり倫理として成立する。一方行為とその反応から経験は情報として集団の理解を得るし、それの集積が一定の作法として定着する。個体はこれを符号としてその含む情報を感じとるという具合になると、個体は集団の一員として、また集団はそれぞれの個体の纏まりとして生きる。集団のタブーというものは、このようにして集団の中に蓄積された個人の見出した法則であって、個人を守ってくれるし、個人はまたこのタブーを守ることで集団は存続する。

しかしながらこの過程にはそれぞれの体験の評価という篩《ふるい》がかかっており、その篩の種類、すなわち価値規準によって集団の蓄積する果実は異なるし、好ましいものを取り入れ、好ましくないものを封じるという風に働くのではあるが、とかく穏健な評価よりは過激なものが通用しやすいということがあって、個体の価値判断と、集団の価値判断との間に一致しないものが発生しやすい。

集団が生きられることによって個体も生きるという体制下では、集団の価値観は個体のそれに先行し、優先される現象も出てくる。これが甚《はなは》だしくなれば疎外感となるし、公の立場に立って集団の生存を代表して行動を決しなければならない立場の個人は、自分の心の中では個体の価値観と衝突しながらも集団の存続を考えて決定をしなければならないことになる。

文化的な纏まりはこうした相剋の積み重ねの中で育てられて、集団自体がまた一つの個体として扱えるほどになり、さらに広い集まりの中に結ばれていく。

組織というくせもの（環境の変貌）

一方で家族とかセミナーとか、小規模のグループのつくり方、でき方を検討し、他方都市の規模別分類をしていて気がついたことは、数量的にある段階でグループが変質し、何か＋αを加えないと集団として拡大もせず、まとまりも得ないことがわかってきた。

その＋αとは、一つには相互に情報を伝達するための手段であり、それが人間関係を維持するために必要で、どちらかといえば政治的な性格のものであり、今一つは物的な生産流通の円滑化の手段であって、生命維持のために必要で、いってみれば経済的な性格のものであるらしい。

この両者の関係はまた後に考察するとしてその手段に何を選び、どのように発展させて効力を発揮するかという所にその集団の文化的な基盤があり、その性格によって手段の拡大の方向や、利害が内在していると見てよいようである。その手段を一つの回路組成と見なせば、ちょうど植物の葉のさまざまな条脈の形式が見られるように集団の文化型をそのように示すことが考えられるのではなかろうか。ただし葉っぱはそれぞれ生長限界でとどまるのに、人間の場合には時にお化けハッパまでに拡大したり、他の系列と結合したりするという違いがある。

人数でいえば二〜五人、五〜二〇人、二〇〜一五〇人、一五〇〜五〇〇〇人、五千人〜二万人、二万〜一〇万人、一〇万〜三〇万人、三〇万〜一〇〇万人……といった区分が考えられそうである。もっともこれは人数の大きさだけの分類ではあるが、言い方をかえて、家族的、血族的、部落的、町村的、小都市的、中、大都市的なども表現できるかも知れない。するると結合の動機が大きく組立てを左右し、オプチマム(4)な成長限界がそれぞれに存在するらしいこと、またさまざまな動機は同時存在も可能なことから、大型化の時の複雑さが発生することも想像できる。

所で人々が集団という纏まりに結び合わされるためには、人工的な組織だてを必要とするというところに問題がある。それは同時に皆に承認されてはじめて効を奏する故、成立には大変な努力を要する。このことについて幾つかの考察を試みたい。

先ず集団が個体と共に生きる根源的で共通的な条件を発掘することから始まるだろう。ここには個人的な発想、その影響が大きい。その人は綜合的に把握していて組織立てや運営は滑らかにゆくかも知れない。

しかし人から人へ伝わる間に、問題の理解に疎密が生じる。こうしてある面は増幅され、他の面が減衰することによって特化の現象へ傾くが、暫《しばら》くは重点が浮き彫りにされることで全体の向上に貢献するだろう。

やがて普及することで、過ちを少なくするために形式化が促進される。それはやがて仕来りや物的な存在を通じるようになり、柔軟性を失っていく。

そのことから中心と辺縁といった非ユークリッドの世界[5]を生み出し、階級制発生の条件をかもし出す。もしここで組織に私欲がからめばいつの間にか改竄《かいざん》されていくし、また中心部の高まりが信念化すれば、その組織を絶対化して周辺の未参加部分へこれを押しつけるように働く。

ここでそれまで有効だった組織は二つの矛盾に対面する。一つは内部に条件の違う人々を包括するにも拘らず一律にこれに従わせようとする矛盾、今一つは外へ拡大することでこれまた条件の違う他の人々との衝突を発生しかねない矛盾である。こうして、それまで有利と考えられていた条件の上に成立した組織は、逆にそのとり上げなかった条件が表面化することで、逆の障害の方が大きく浮かび上がりはじめるのである。そこで振り出しへ戻る。

もちろんこれは一つの筋書きに過ぎない。この途を辿らせないようにする要因はいくらでもあるし、避けて通ることもあろう。

政治と経済のシーソーゲーム（領域と圏域）

同じ関心事の情報流、その組織への所属観といった主観に多く左右されるひろがりを領域と呼ぶ。かつては、いつもその範囲は日常の物的流通の客観的にとらえられる圏域を上まわっていた。

たとえば水津《すいづ》一朗《いちろう》氏(6)に従えば、古代では自律性をもった集落は一日での到達圏の経五、六〇キロ程度だのに、部族連合として一朝有事のつながりは騎馬一両日の四、五〇〇キロの領域におよんだという。そして一時的にはこれを遥かに上まわる政治的統一体として古代大国家が形成されたりして、自律圏の拡大を刺戟する。

古代大国家の崩壊後の中世、自給自足圏は相変らぬ寸法であるが、封建領主による共和共棲網がつくられて交流圏域の拡大が見られる。しかし、民族地域とも考えられるさらに広い領域の中で、主導権を争い合うといった姿が見られるし、古代国家の王への夢を現実圏にしようとする努力が洋の東西に同じく見られる。ここに支配層の貴族として、時に権力財貨の収奪に傾くことも見られるが、己れより高い次元の理想追求の高貴な努力抑制もあったりする。

こうして精神界と物質界とのひろがりの差は、うまくすれば精神界の優位が好ましい結果を、集団生存の責任を負う貴族の間に生んで来ていた。大衆は古代そのままの小さい世界に取り残され、時に大きい世界の維持のためにあおりを食うという風であった。封建領主の競合角逐はやがて領域外へも触手を伸ばすことに発展していく。この時から問題は次第に地球規模に広がるが、ここで大きな変質を余儀なくされる。

近代国家の誕生は、こうした中で情報流のより円滑な普及のためには、文盲退治の義務教育、財貨需給はじめ諸福祉の圏域確立のための行政組織、その治安防衛のための軍事警察の強化などが進められて、政治と経済を一致させる努力がはかられてきた。これを促進し可能にしたのは、機械文明とそれに伴う思考方法であったといえよう。

このことから二十世紀に入って、拡大に加速度のついた経済圏はやがて物質界の方が政治組織の範囲をこえて広がりはじめた。

高速度交通、遠距離通信、巨大動力などが互いに作用して、巨大産業を組織し、情報の枠組もそちらに動員して、近代国家の境界を超えて、時に政治をさえ誘導するに至った。それは物的豊かさを地球上にもたらすかに見えたが、一方で巨大文化のために零細な領域も圏域もふっとんでしまうという過ちを犯してしまった。

しかるに個体は相変らず身近かな世界に依存し、僅かな人々との親密さの中に生活したいと考えている。この調停を如何にすべきかに、今日の町づくりの問題は集中するのではなかろうか。

どこに竜が臥《ふせ》っているか

個体と集団が共存するためには、両者をつなぐ繫《けい》の設定が必要である。これには、強いて分ければ、精神的なものと物質的なものとがある。その両者とのからみ合いの中で、表現がそのどちらかに重点をおいてなされるだろうが、その発見にはまず個体の努力があり、その普及と実現には多くの個体の協力を要する。

こうした一人一人の努力によって個人の中に蓄えられた力は、集団にとっての潜在力である。それはすぐには効果を発揮しない。従ってその力は見えないし、ましてやいかなる努力がなされているかも表立ってわからない。だから逆に集団の中の個々が怠けていても、これまたすぐには何ということない。

次にはそのなすべきことの発見に続いて、周辺の物的な整備もなされることだろう。生活のための道具や整備がととのえられ、互いの交流の場をつくったとしても、忽ちその集団が栄えたりするわけではないし、これらの必要物は常に手入れをしていなければならず、その努力は皆にかかっている。その奉仕があっても別に何かが生産されるわけではない。

近代でいえば設備投資、公共投資もまた間接的であるといういみでは上記の努力と同じである。そしてこの維持管理は不断の努力を要する。そしてまた一人一人が自分の身近かな所を心をこめてていねいに扱い、いつも関心を注いでいるという必要がある。どこか一つに欠陥があれば、それだけでもう全体は動かなくなる性質のものなのである。

こうして人工的に皆の協力で集団は互いにその恩恵を受けて生活しやすくなる。祖先以来の永い年月の蓄積された財産がそこにあるのだ。それは一人一人の心構えにはじまり、外部経済と呼ばれる諸々の設備施設に至り、さらに成果品である文化財となって私たちを囲んでいる。

ある村が暮らしやすく、ある町が発展し、ある国が栄えるなどということは、この潜在的な力がどれだけ大切にされているかということにかかわるといってよい。これを基盤として飛躍がなされるのである。

飛躍の部分はスターとして崇められる。しかし一将功なって万骨枯る式のものは、このからくりを説明していながらくりかえしはきかないものだ。万骨が枯れてしまえば後続がない。

明治以来の日本の急速な発展、あるいは戦後の復興のめざましさは、諸々の好運はあったとしても、こうした基盤を準備し得ていたからだとする方が正しくはなかろうか。こうしたかくれた努力をしている人たちのことを忘れるならば、その飛躍により築き上げられた楼閣も一朝にして空中にとり残され崩壊するだろう。

そうならないために、かつて巌洞湖(7)への遷都を提案したのだった。過疎地帯を見なおしてもらうためである。そこには竜の形をした水面が潜んでいたからだ。

コルセットからブラジャーへ（美の効用）

二十世紀の初頭、貴夫人たちは身分相応な衣服はコルセット(8)なしでは考えられなかった。なぜ、ギューギューと胴を締めつけてまともに呼吸もできないような服だのに、それなしに人前に出るのは恥部をさらすに等しいと感じていたのだろうか。何も疑わずにその窮屈な枠にはまり込んでいたのである。

そこへポール・ポアレ(9)というデザイナーがあらわれて、女体の美しい線を描き出すために、ブラジャーを発明して、コルセットを廃止し、その大胆なデザインの服を貴夫人たちに売り込んだ。もちろん彼女らの関心を惹くために、宝石や刺繡《ししゅう》などを加えて魅力的にすることを忘れはしなかったが、これが二十世紀の女性の衣服に大革命をひき起したことは、今日コルセットをする女性のほとんど絶えたことでも証明できる。同じ頃に、ヴィオネ(10)というデザイナーは、それまでは裏地としてしか使わなかったクレープ・ド・シーヌ(11)を堂々と表に使って服をつくり、逆転した美しさをつくり上げた。そしてシャネル(12)は、勤めに出るようになった女性たちの平常服の中から、カーディガンその他を美しい姿に仕上げて、誇りを持てるようにしたのだった。

そうして考えてみると、明治の頃に、学生服という詰め襟、セーラー服という女子用の制服などが果たした役割は非常に大きいというべきであろう。それはまさに陸海軍への憧れを育てるものだったろうし、特に中学への進学とは立身出世の約束に近いものだったし、この服を着れるということが、どんなに子供たちに親たちに誇りを与えたことだろうか。

美意識に訴えられると、人々はその感動になびくものだ。逆手にとればそれで手なずけるということにも利用されようが、時代の転換期に、その移り変わりに初速を与えるものともなるのだ。それはそれまでの固定した価値をゆさぶることにもなろうし、新しい価値の発見にのろしを上げることでもある。潜在していた価値の発掘、評価を促進する手でもあるのだ。それは人々の感性に訴え、有無をいわせず惹きつけてしまうからである。

それにひきかえ、実践の中で理論的に発見した脈絡、これを思想的に組上げ、応用しての成否による証明、そこから得た教訓という課程の説得も、実践者である限りは納得するけれど、相手をふり立てる力は、美の感動より弱いものだ。

魯迅《ろじん》[13]は革命を起すために美に頼るべきを説いたひとりである。文学に美術にそれを求めた。木版画はどこでも誰でもできるというのでこれを励邁《れいまい》し援助した。しかし、理屈っぽい作品は却って嫌厭《けんえん》を生むことも知っていた。そしてわざと、革命に関係のない静物などの版画をつくることをも勧めたりもしている。

美もまた一つの形式をとることで人に訴える。だからコルセットの美もある時期には人々を魅了し、無限に拡大しようとする支配層の欲望の抑制の役割を果たし、危機脱出の手立てとなったのだった。古くは中国の饕餮文《とうてつもん》(14)が山西山東の二つの文化圏を融合して統一させる役割をし、同時に物欲のとりこになることを戒め得たとみられる。

殿中での裃《かみしも》や長袴《ながばかま》が武にはやる士たちを枠の中に入れて自制せしめる役をしたのである。ところで私たちの直接あつかっている問題は、町づくりだったり、生活施設だったりする。

今逆ないい方をすれば、いつの世にも、その社会に受け入れられ普及している考え方、技術、その上に成立した社会生活、それによって安心を得ている形式を探しているのだが、それに対し、そこから脱落した人々の姿は惨めさ、みすぼらしさ、みにくさとして受けとられる。それが全体の中で少数である間は、一つの安全弁的な存在として、必要悪として社会秩序維持に役立つ。それは〈健全な〉衣食住のあり方を逆に浮き彫りにしてくれるからである。多くの人々はそれでないものに健全さと美を認められるからだ。

二十世紀の技術の急速に進められた革新、それについていけないで生活に齟齬《そご》を生じたり乱れてなげやりになった人々の増加、経済の圧倒的な大型化と物質万能の嵐の前に敗北した多くの人々、それは醜さの増加をもたらす。

そこで旧来の美の再建にやっきとなるが、外面をととのえるだけで成功しない。正統のない文化混在の中で、アウトサイダーたちは自分らの存在を種々の形式を通じて訴える。一番多くの人々の共感を呼ぶ姿を発見した時、時代は再び安定の方向に向い、暮らしやすい生活が成り立つのではなかろうか。

それはシンボルのようなものとして生み出されるかも知れない。すでに物流は世界におよんでおり、情報もまた瞬時に地球を駈けめぐっている今日、私たちが人数三〇億四〇億の一人であり、その一人として三〇億分の一、四〇億分の一とはいえ重要な貢献を怠ってはならないという自覚を持てるようになった時、地球はその球面が一つの存在となるだろう。だがそれは同時に、私たちを取りまく小さな同心円的世界にも通用するものでなければならない。その意味ではやはり円盤のような世界なのかも知れない。そしてまた対岸との協調がその中間にあるとすれば、T字型の海というのも本当だろう。その何《いず》れにも通用する答を悲願として、模索はつづけられる。

（一九七五年 五八歳）

不連続統一体の提案

「前々からそう思っていたんだ。今日は大分それがはっきりして来たような気がする。」私はいましがた大学院の学生たちの前で吹いて来た大ボラをもう一度自分にいい聞かせながら自分で肯いていた。私のいったことに急に目を輝やかして、そうだそうだと賛成していた学生たちの顔を一つ一つ目の前に浮かべては楽しんでいた。先生という商売の何よりの役得は、こうした気分を味わえる時だとも反省してみる。予言者めいて私がぶっぱなした説は、たしかに浮世離れしているように、他の人達にはとられるだろう。しかし筋ははっきりとおっている。

そういえば、この前にも、サンパウロのビエンナーレ(1)に参加する学生たちと作品をつくっている時に、いろいろと論じている間に、こんな気分を味わったことが度々ある。それでも、はじめは漠然とああだ、こうだといって学生には断言しても、内心アイマイさが残っているのだが、段々と図形化されてゆくに従って、あるとき、ドンピシャリの筋にぶつかることがある。そんなときである、この楽しい気持ちを味わえるときは。

ここまで書いて、私はル・コルビュジエが、『モデュロール』の中で、よく「不思議の扉を開いた時の感激」について述べていることを思い出した。複雑なこの世の現象を解いてくれる一つの鍵を発見した時の喜びというもの、驚きというものは一致しているのかもしれない。壁の前をうろうろして行きつ戻りつしている間に、ヒョッと立ち止まった所に扉があった。持っていた鍵を差し込んだら、スッと開いて光り輝く世界をそこに見出したというような感激である。しかもそれは私一人だけが覗き見たのではない。大勢して探して皆を呼び集めて、「オイ見ろよ、この素晴らしい世界を！」といって、肩を組んで覗いているのである。

常識という迷霧が私達を盲にしていたのだ。この扉の前を、私達は何遍も通り過ぎていたのである。今この扉をあけ得たお蔭で、私達の世界がサーッと光の下に照らし出された。手探りで、混迷の中にあったものが、はっきりと見えるではないか。なぜこんなこんがらかった解法をやっているのだろうかと思わざるをえないしろものがいっぱいころがっている。

神の作りたもうた法則は、どこにでもピタリとあてはまる。それでいて、余分と思われるものまで、キチンと生きる場所を与えているではないか。この光を何と名付けたら皆に説明ができるだろうか。「不連続な統一体」といったのでは何の事か、少しもわかって貰えないだろう。去年（一九五六年）のＣＩＡＭ[2]の会議でイギリス人の提案した「クラスター」という言葉を借用してもよいかも知れない。しかし少し不十分。一つの中心軸につながってしまうので、私のいわんとすることは十分に描いていない。「星座」という言葉を利用してもよいのだが、それでは動きがなさすぎる。「空間」に対して「充間」というのがまだあたっているかもしれない。

もう少し長い言葉で、あるいは文章で、示してみよう。それぞれの単位は完結した単位である。原子だったり、分子だったりするように。細胞といってもよい。それは完全に独立した単位でありながら、他の単位と結びつくことで、別の単位となるようなものである。しかもそれは常に結びつき方をかえて、別の単位に変化してゆけるのである。微視的世界から巨視的世界までその組合せは考えられる。これは宇宙の法則なのである。

こういっても、私はここで量子論を論じようというのでも天文学を論じようというのでもない。私達の最も身近な「生活の場」のことを扱っているのである。今年（一九五七年）のサンパウロのビエンナーレが出した「住居核」という題への解答にすぎないのである。「核」別名「コア」という考えを動的なものとして捉えようとしたのが、今度の出発点であった。今年大学を卒業した松崎君(3)は卒業計画で「動くコミュニティ・センター」というのを描いた。地域社会と連帯社会という二つの矛盾した世界に住んでいる私達の生活に、この両者を満足させるようなシステムを考え出そうというのが、ねらいであった。卒業計画として「建物が一つもないではないか」という批評がつけられて、最低点をつけた先生もおられた。私は建物が一つもないから最高点をつけた。今年の学会の展覧会に出品されたから、何人かの方は見られたかもしれない。

この発想は更にその後進展したのであった。多くの学生の知恵が結集されて、今、形に熟しつつある。原子爆弾のではない、建設的な連鎖反応を起しつつある。私達の時代は、もはや一つの核にしがみついているような、閉鎖社会から脱皮しつつあるのだ。自由自在に世界中とつながっているのである。それにもかかわらず、私達の身体は、一メートル何がしの空間しか占めておらず、世界の二つの地点に同時に存在することを許されない。しかしながら、私に何時間かを貸して貰えるならば、地球の反対側へとんでゆくことだって可能なのである。現に私達は、地球の反対側のサンパウロで行う展覧会のために、作品を送ろうと一生懸命になっているのではないか。それでいて、私達は夜ごとに、東京のどこかの町に戻っているのである。どこかの町で売っているものを買ってきて、それを食べているのである。もっともその売っているものは、地球のどこの果てから来たか、私は知らないけれど。

各個人は、人類何十万年の歴史が経ったけれども、裸ではたいした変り方をしていない。進歩しているのかもしれない。進歩どころか退歩しているのかもしれない。しかし人間の生み出した多くのもの、テクノロジーとやらのお蔭で、裸の人間に神に近い力を与えることができる世の中になりつつある。この二つの矛盾の中に生活する場をつくる任務が、私達の課題だと考えてみた。裸の人間としては、寝る、食う、遊ぶ、それに動く（よりよい生活を求めて）と、そのために働くということしかしない。いやもう一つ子孫を絶やさないようにするということを加えれば、それでおしまいである。

かつては、これを行う場合、あまり変化しなかった。代々の経験を生かして、あるべき姿、なすべきことが決められていって、私達はそれを守りさえすれば、安全で安楽であったのである。今この条件はかわってしまった。地球上のいろいろな経験が、目まぐるしいほどに入りまじりつつあるのだ。それと同時に、同じ土地に居ても、刻々に状況は変化しつつあるのだ。

冬は雪に埋もれて、眠るようにしてこの辛い季節を過ごしていた山の人々の所へ、スキーヤーが大軍をなして来て、キャッキャッとたわむれて帰るような変化が、至る所で起きているのである。山の渓流の水は、せきとめられて、トンネルに入り隣の谷に流され、パイプに入って、発電所で別のエネルギーになってしまう。これがまた山越え野越えて夜をなくしてしまったり、空気を肥料にかえたりしているのである。お蔭で今まで一しかとれなかった田圃から二の米がとれることになる。

われわれ自身でさえ、かわりつつある。黒いと思っていた髪を赤くしたり、低い鼻を高くしたり、あるいはまた男が女に、女が男になったりする世の中なのである。何が起こるかわからない。いわば、われわれ人類は、自然の力に対して「主体性をとりつつある」ともいえるのだ。だが、一方に、人間同士の流れの中では、果たして私達は、個人個人として、それぞれの独立した力を持っているだろうか。戦争にかり立てられれば、これに抵抗する力を持たず、規格品が大量に生産されれば、個人的な好みは無視されて押し流され、これを歴史的必然として、操り人形的存在と解するのには反撥《はんぱつ》を感じているのである。私は生きているのだ。「私」を認めてくれと叫びたくなる。これは現代の人々の痛烈な叫びである。もっとも規格品の一つ、互換性のある一部品をもって甘んじている人は別であろうが、少しでも骨のある者ならば、「私は別だ」「私はこう思う」「私はこう感じる」「私は……」「私は……」と叫びたいに違いない。

個というものを重んじるべきだと教えられ、私の意見を持てるようになることが一人前だとして育てられて来たのであるから、理の当然である。しかるに世の中は、それを無視するかのような大きな力ですべての個を押し流しつつあるのだ。

また押し流すくらいでなかったら、地球上に新しい世界は生れて来ないかもしれない。それが進歩であるか堕落であるかは知らない。否どちらにするかが、今生きている私達に課せられた宿題なのかもしれない。そこでこの矛盾した二つの方向に、調停というか、調和というか、二つながら成り立つような途《みち》を探し出さなければならないわけである。

具体的な姿を描いて見よう。家族の集まりが必要とする広間がある。それにつながる各個人が独立した空間を欲している。しかしそれは必ずしも一つの屋根の下になくてもよい。例をいうならば、私は書斎が、私の住まい(4)から二キロも向うにある町の中という廊下を通った所にあると考えている。早稲田大学である。子供の数が増えたらそれに応じて増やし、減ったらそれにしたがって減らす。新しい便利な設備ができたらラジオの新しいものととりかえるようにとりかえる。こうしたことができなくては新しい住居とはいえない。

町も同じである。子供の公園を持つには何世帯かが集まらなければならぬ、小学校を維持するのも同じである。風呂屋だって、店屋だってそうだ。映画館だってよいものを上映してくれるためには、今の資本主義のシステムである限りは、ある一定の人数の力の集結を必要とする。でも、私達はそれが固定されることを好まない。遠くとも美しいカンバン娘のいるタバコ屋へ買いに行く。不便でも、より安いよりよい品を売っている店へ買いに行く。面倒でも、よい面白い映画のかかっている小屋へ出かけてゆくのである。だからこれを逆にして、公共的なものが、各地に住んでいる人達をたずねて歩くようにしたら、住んでいる所の施設が固定せず、居ながらにして遠い所ともつながるではないか。巡り来るものはいろいろな内容のものである。したがってある固定した建物では不具合である。その度に適した新しい場がつくられる。そんな場をつくる可能性だけを広場にしておけば、町の人達の心を結びつけるものはできる。そしてそれは同時に、また他の所に住む町の人達ともつながる。同じ相手と接し、同じ対象を見ているというつながりがあるのだから。

これを更に即物的に表現するならば、土地と、交通路網と、そして家具的な設備とさえあればよいのである。土地といっても人工的に改良された、人工的な天空を存するものである。そこは人間が住みよい働きよい所、遊びやすい所という条件だけをつくっているものである。そこへ家具を持ち込み、機械をとりつけ、諸道具をならべればよいのである。可動のものばかりが持ち込まれるのだから、古くなったらどんどん更新すればよい。

同じことが町の場合にもいえる。ここでも土地と交通路網と、家具的な諸設備とさえあればよい。ただそれらの規模が大きくなるだけである。工場の敷地がある。商店街のつくれる所がある。事務所用のスペースが準備されるといった具合に皆の集まる場所ができて、それに各単位の住居がそれぞれ最も快適な所に設置される。農業に一番よい土地は農耕に、教育は教育に、そして住むによい所は住むために。各人は独立していて、連帯の世界に属し、全体の一部でありながら独自な生活をほしいままにする。一つの固定した核に結びつけられることなく、それでいて、あまり遠くまでわたり歩く必要もないという世界である。

こう考えてみると従来の「建築家」などというものはいらないことになる。否、更にいうなら「建築家」などと称する者がいるから世の中はいつまでも改革できないのだとさえいえる。かつての建築家は、床も、内と外の壁も、天井も、屋根も、一つの統一体として考えて構想を練っていた。石や、木などを使い、閉鎖された固定した社会ではそれも一つの統合体として必要であった。今や分裂をきわめ変動がはげしく、永久建築などをつくったら、それこそどうにもならないものをつくるわけだ。その中でなお安定し変化に応じていつでも順応できる生活を営むためには、建築家などいないほうがよい。

必要なのは地球上にどこに人間の住む所があるか、何人住めるか、を考えて、その土木工事をやる一方で、住むに必要な道具は何か、どんな形にすればよいか、どのようにして配給すればよいかを考え、これを作り配る人間がいればよいのだ。

今更「建築家の主体性」などと叫んでみたってナンセンスである。それより人類の各個人の主体性の確保のほうが、もっと、もっと求められているものなのだ。（一九五七年 四〇歳）

それは風車に向って突撃するドン・キホーテみたいなものだとは私もよく自覚しているのだが、一方では私の生い立ちがそういうことに興味を持たせるように働いて、知りたいという欲望を起こさせたし、他方では何となく次の世紀に是非必要欠くべからざるものになりそうだという予感が、いつの間にか使命のような力となって私を押しているように思えるので、業だと考える他ないかも知れない。

有形学と命名はして見たものの、それは何であるかということはまださだかではない。外国人に説明する必要があって訳しようがないのでそのままIuke-logyだといったらEcologyとよく似ているがどう違うかという質問に会った。そこで、エコロジーは周辺が自然そのものの中での生態をとらえる学問だが、この頃は人工的な環境がかなり広まったので、その中での生態を研究するのだと説明したら何となく理解してくれた。

この生態学《エコロジー》を特に人間について取り上げた時、その中心となるのが住居学だと私は考える。一軒家から部落、集落、そして人間的な尺度を失わない範囲の都会まではこの対象として取り上げられるが、現在の大都市やそれ以上の地域はもはや直接的に個々の住居と結びつけて一つとして扱い切れなくなって、その中に二次的三次的な塊を認めないわけに行かなくなる。

これら塊の周囲をとりかこむのは人工的な世界である。周囲が自然だったとき人々はその自然に従うか精々利用することしかできなくて、環境に強く支配されて生活を定めざるを得なかった。人工的な環境は人間の作ったものだから、今の場合は本来からすれば周囲もまた人間の方が支配できる関係に逆転したわけだが、どうもまだ十分にそれは実現していない。何かの知識が不足しているのだ。

だから今の人々は、同じ人間の作った世界にとりかこまれていながら実は昔自然にとりかこまれた時と同じように、その人間の作った世界に支配されて、その中で生活を営む術を模索する他ないのである。昔と知恵の働らかせ方は似ているかも知れない。コンゴーの森の中の小人ピグミー（バンブチ族）と新宿のフーテン族と誠に似た反応が見られるのもそのためであろう。ただ環境が違うのでその姿は違う。それとやはり周囲もまた人間の手で変える可能性を持っているということが根本的な違いだが、まだどうやったらどうなるということは本当にはわかっていない。有形学というのはその辺の所へぶつかって行こうということらしい。

＊

どんな形をとるのか。ある形はどんな影響を及ぼすのか。どんな形が好ましいのか。いやそれより前に、ある形が生み出されるのはどういう仕組になっているのか。どうやったら形を生み出す力を養えるのか。形のある世界についていていろいろと知りたいのだ。

　こういう好奇心が生じたについては、過去五〇年の私の生い立ちが大きく響いているようにも思える。

　やっとカタコトの日本語で話がまとまりはじめた年[1]に、スイスの幼稚園に入れられ、すべてはフランス語になった。幼児の柔軟な大脳皮質は、違った空気を吸うように日本語からフランス語に乗りかえた。記憶がまだあまり発達していなかったからであろう。

しかし次に日本の小学校へ入れられた時[2]には若干の抵抗があった。一、二年はフランス語が記憶の中に残って、日本語の進入にさからったようである。それに学習ということも加わったので、細々ながらフランス語は六年生まで命脈を保ち得た。といっても僅かにローマ字の読み方といくつかの単語といった程度である。

その間に日本語をまた赤ん坊の時から覚える学習のやりなおしをしなければならなかった。やっとどうやら皆に伍《ご》して行ける所まで達したと思った頃に、再びスイスに連れて行かれて[3]、再び全部フランス語の中で中学の教科をやらされた。数学、手工、体育などのような国際的に通じるものは楽であったが、言葉を媒介としてしか通じないものは大変難しかった。おまけに外国語としてギリシャ、ラテン、英、独、これらをすべてフランス語で教えているのだから何のことはない、すべてゴチャマゼになったようだ。フランス語の時間は古文の解釈だから、私の大脳皮質は大わらわで抽出しの整理に当ったことと思う。

しかし考えて見ると言葉を覚えることに汲々としていて、その言葉を利用していろいろの知識を受け入れる所まではなかなか余裕がなかったようだ。言葉の能力の不足は、少なくともそれを利用して次の知識を吸収するのに大変手間を食ったことは確かである。

その代りに、言葉という、人間が作った最初の形、その様々な姿を同時的に幾つも見せられ、覚えさせられ、使わせられたことは、その後の旅行や生活体験などと相俟《あいま》って、人間の様々な反応の仕方、それが形に表現されて行く過程に対する興味を唆《そそ》るようになったといえる。

そのまま行けば、比較言語学へでも行きそうだが、この体験をしたのがジュネーブで、周囲には数ヵ国語を巧みに操《あや》つる人々がウヨウヨしていたから、私などはとても言葉への才能などないと劣等感を抱いてしまって、言葉なしでも対等になれる数学とか造形の方に傾いてしまったといえる。体育の方は米の飯で育ったのと肉で育ったのと、中学頃には大分差が見えるので、得意という所までは行けなかった。知能の方が言葉の問題で常に振り出しに戻って一向に伸び悩んだように、肉体の方もいつまでもチビに止まっていたようだ。

日本へ帰ったら大学の入学試験が待ち受けていた。今ほどの競争率ではないにしても、国語古文だとか、漢文だとかそれまで殆ど手をつけていない科目があって、これまた振り出しに戻るということになった。小学校以来やっていない日本歴史などというのも困ったものの一つであった。

このように言葉に悩まされることを繰り返したのであるが、言葉は人類が自己と外界をつなぐ重要な手段で、これを断たれるということは生活が阻害されることと等しい。自我が次第に強くなるに従ってこの妨げは強く意識されるようになっていった。そして自分の心の内と周囲の世界とどうやって速《すみや》かに結合させるかということが第一番の関心事となったのであった。

言葉の違いは生活の違いでもあった。生活の違いは世界の見方の違いとつながっていて、同時に自分の進む道の違いともなっていた。したがって異った言葉の世界と私とが結合できるためには、ある時は自己改造も必要であった。

幸いにして大学時代に山岳部に席を置いて、自然の変化の中で自己を適応させる訓練を行った。これは主として生理的なものとはいえ、それは心の適応にも通じさせられるものである。成人してから後も、それまでの経験が私に、違った生活の体験をして見たいという欲望として残り、その機会のある度に、新天地の探検を試みさせたのだった。暑い国、寒い国、乾いた世界、湿った世界大陸の真中や海の近く、栄えている所、おくれている所、古い文化のあった土地、新しく興った土地などなど数えてゆくと、随分ゆっくり廻って見たようでも、まだまだ地球上にいろいろな生活が展開されていて、知らない所が沢山残っている。過去の経験から行かない所でもかなり想像はつくようなつもりになっているが、根本的な所で見通しの間違いをしそうにも思われる。

しかしせめて見、聞き、体験した中からだけでも、人間がどういうことを意識し、それをどう解決してゆくかについて知りたいと思う。

*

学生時代に和辻哲郎《わつじてつろう》氏(4)の『風土』を読んでこれはたった二つの世界しか取り上げていない、もっと広く建築地理というものをやってはと考えて、フランスの人文地理学の人々の書物にかじりついたりした。時あたかも大東亜共栄圏などという考えがうたわれて、欧州中心の見方からもっとこちらに近い方へ引っぱって来ようかとも意図したりした。それにはこういう気持ちも底流にあったと思う。

欧州で歴史を教わった時に、いわゆる中近東から発生した文明が、連綿として今日の西欧文明に至るように解説されていることにどうも疑問が残ったからである。

ナイルやチグリス・ユーフラテス、あるいはもっと東のインダスや黄河などの洪水の出る世界に住んでいた人たちが、自分らの生活の中で外界との調和を求めようとして意識にのぼっただろうことと、アルプスを境にした南北に住んでいた人達のとでは大きな断絶をさえ感じたからである。北欧での生活はその感を更に深めたのであった。

して見ると今日世界を風靡《ふうび》している欧州および北米の流れというものも、そんなに絶対の主流とは考えられなくなる。今世界の国々はこぞってこの方向を先進として見ならおうとしているが、果たしてそれは本当に彼ら自身とそれをとりまく外界との調和に至るものか、甚だ疑問を持たざるを得ない。

特に彼ら自身の中でさえ、今まで彼らを支え、彼らを繁栄へ導き、幸福へ到達できるかに見えた方向が、いっぱい矛盾を露呈し出しているのを見るにつけ、ここらで新しい方向を加えないと人類の破滅にさえ至りかねないと暗い予感がするのである。

大変おおまかないい方だが、人類の数が若干ふえた時、限られた空間内で彼らが皆生きてゆけるようにとはかって、呪術を中心とする諸々の対策を講じてその難関をのりこえた。その次には農耕を中心とする革命的な要素によって、やっと人間と外界との調和への手だてが成立した。それもやがて人口の増加には追い越され、ここで物資の流通ということでこの難を切り抜けようとした。しかし人口は更に増加の速度を早めるばかりである。ここで物資を自ら作り出そうという考えを持つに至ったのも無理からぬことである。

こういう手だてを見出す根底として、いろいろな学問があった。占星、天文学、農学など外界の理解を求めたもの、多くなった人々の関係に和を齎《もたら》すための政治学、社会学など、多くなった物の処理に関する経済学、商学など、新たに物を作るための科学技術などなどである。

だがこの一、二世紀の人口の増加はこれらの武器だけではどうにもならない程の加速度がついたかに見うけられる。一〇〇年余り前に一〇億だった人類は、半世紀で五割増の一五億に、それからの半世紀には倍の三〇億を突破という傾向は、これから後の半世紀で一体何十億人になるか恐ろしさをさえ感じる。

かりに一〇〇億人も近い将来だとすると、現在の地球の陸地一億三五〇〇万平方キロに対し平均に人々が分布したとして、一人の占める面積は殆ど一ヘクタール一人となる。このことは余程うまく空間を利用しないと住めないということを暗示している。

このことはどんなに今の科学技術を動員して物資を豊かにし、生産を楽にしても、あるいは南極のような所まで住めるように開発して見ても、存在の根源である空間占拠という所に問題が発生するだろう。

今の利潤追求を原則としている経済の世界も行き詰って、利益を度外視してでも空間獲得のために投資しなければならない時が来るだろう。その時何を拠り所にして空間を設定したらよいのか。形を持つ世界と人間との関係がうまく結合しなければならないが、一体それについて何を知っているといえるのか。

国境を前提とした閉鎖社会の中での政治がこの時にはもう役に立つまい。おそらく今でもすでに見られるような横車ばかり押して、混乱と悲惨を生じるたねを蒔《ま》くだけではないだろうか。

どんな人間関係を成立させればよいかということを定めなければ、これをどう空間に配置するかの課題は答が出せない。

今は航海するに過ぎない海の上にも、多数の人々が定住地を見つけ出さなければならないかも知れない。これは人類が今までに殆ど経験していない生活が生まれることだ。その生活を予想しながら、その生活空間は大部分人工的に作り上げねばなるまい。どうやってそれを設定してゆくのか。

*

人類が近い将来に直面するだろうし、現在既に局地的には現象しはじめている地球上の空間の利用に関する計画は焦眉の急を要する課題であるとともに、問題は山積みされている。

建築というこの空間設定の最終段階に近い分野に関与している者としては、全くヤキモキさせられる問題だ。

建築は最終的に空間占拠の仕方を固定しかねない。注文があったからといって技術的に、あるいは芸術的にこれをとりまとめているだけで、果たしてよいのだろうか。人類に対して癌のような作用を行っているのではあるまいかという心配がいつもつきまとう。

この感じは特に美しい自然の景観や、豊かな実りを与えてくれていた土地に、大資本が欲得だけで乗り込んで来て食い散らし、汚していくのを見るときに激しく感じられ、その注文に従って建築を進めることの可否について疑問だらけとならざるを得ない。私の死んだ後に洪水がすべてを流しても私は構わないといった考え方がそれを推進させているのか、あるいは食うか食われるかの窮地に追い込められた獣が恐怖の余り右往左往するように、あたり構わず当たり散らす結果なのだろうか。

だが、と私はここで考える。これらは私一人では大き過ぎる問題だ。多くの人々の協力を待ってしか、前進することさえできない問題だ。

第一建築だけで片付くことではない。他の方面でいろいろ研究している方々の協力なしには、到底見通しも立たず糸口さえ摑めないことかも知れない。それはそれで多くの方々と縁をひろげ共通の研究を進めることにしよう。

しかしその前に、実をいえば一番おくれているのは、どうも私たちの側であるようにも感じられる。問題は空間をどう利用するかということなのだが、その空間自体はどんな風に成り立ち、どう働きかけるかなどは私たちの側の課題だということに気がついた。

おくればせながら、せめて日本の空間の分析からはじめようと考えたわけである。一つの建物、その内外位までは既に沢山の研究があるが、建物のかたまりとなるとバラバラな記録しかない。

幸いにして昭和三五（一九六〇）年から内閣統計局で人口集中区というのを調べるようになった。密度高く人が集まっている地域がどこかというのがこれでわかるし、人が多いということは建物も多いということにつながるので、他の分野の方々との関連はともかくとして、この人口集中地区は一体、形としてどうなっているのかを研究室ではとり上げることにした。

密集した塊はその大きさによって異なった姿をしていることが次第にわかって来た。これら集中地区は、殆ど自然発生のまま大きくなったといってよいのに、同じ位の大きさのものは同じような形式をとるのは面白い。

もっとも夫々《それぞれ》の町では年度年度にいろいろ計画を立てているのだから、全く自然発生とはいえないかも知れない。民間の人々がそこに建物をつくり住みまたは事業をするとしても、その人々は十分に将来を見通してから決心し行動したのだといわねばならない。

すると自然発生とはいったが、むしろ細かい計画の積み重ねの結果といった方がよいのかも知れない。失敗ややりなおしの多いバラバラの計画であってもそれは無駄が多いというだけのことだ。結果はそれらの集積として現に存在している。

まだまだどうという結論など導き出すまでには至っていないが、それでも人間が一つの塊となるにはある限界があること、一定以上の数になると必ず分裂した塊を生じ、同時にこれをつなぐための何かが発生すること。更に大きくなると塊の一団が次元の高い塊を形成して、これら各群をつなぐ何かが加えられて、といった構造をしているらしいことがわかって来た。

またある大きさがその上の大きさに移行する時には、ただジワジワと太るのではなくて、突然変異を与えるような刺激が必要であるらしいこと。そしてそれも亦《また》一つの空間的要素として全体の中に組みこまれることなどもほんとらしい。

これらの集中地区のでき具合は、大体平方キロあたり一万人位の平均密度のときの状況であるらしい。集中地区の内部はそのようにある段階で幹線道路を、次の段階で環状道路を、更に上では機械的な交通機関をという風に段階区分が可能なようである。

だがまた一方その周囲とも無関係ではない。集中地区を中心に、もうすぐにも集中地区に編入されそうな地区、もし後に集中地区が伸びるとしたらこちらだろうと推定できる地区などが殿様の周囲の家来のように控えている。だが殿様同士も幕府とのつながり、各藩との勢力関係があったように系列に入ったり入らなかったりという集中地区相互の引力関係がつくられている。

政治やら、経済、社会方面の研究をしていられる方々で、こうした空間への分布について教えて頂けたら、更に私たちの出してゆく結論にも裏付ができてくることだろう。

ところで形にはもう一つ問題がある。このような要求を充たすためにできて来る一定の形の他に、形はそれ自体の法則のようなものを持っている。人間がある形をつくり出す時、役に立つということは必要条件としてこれに立脚するが、それだけで満足しない。

言葉でも、用が足りればよいというのは外国人の使い方で、自国語であれば、必ず適切な表現を用いたいと考える。形とはそういうことを充たされてはじめて十分条件もかなえたことになる。

これが何によって導かれるのかということも私たちの課題だ。それは人間の生理、心理につながるものであるらしい。社会慣習というものも強く影響するようだ。

そして形が人々に感動を与える所にまで高めるということは、私たちに課せられた最終目的であろう。

ところがここに至ると、芸術とか美とか、創造とかいう問題に入ってしまう。特に創造ということになると、その字も示すように、今までなかったものをつくるので、もし有形学がつくり方を示してしまったら既にそれはつくられたものとなり、我々は更にそれを破壊してゆくことに創造の源泉があるのだから、有形学は絶対にいつまで経っても完成されることがないということになる。

これはとんでもない迷路に入りこんでしまったものだとは気がついているが、どこまで行けるか大変興味のある探検である。

（一九六七年　五〇歳）

あそびのすすめ

一

漢和辞典に「あそぶ」という字を求めたら、四つ出て来た。皆よく似た字ばかりである。敖、游、遊、遨、である。

「敖」は出と放の合字。出で遊ぶこと。故に出をかく。放にも出で去る義あり。

「游」は㫃と汓の合字。本義は旗が風に靡《なび》く義。故に㫃（はたあし）をかく。汓（シウ）は音符。後世汓（オヨグ・ウカブ）の義を取りオヨグ義に用ふ。遊に通ず。

「遊」はもと㫃と汓の合字に游ありて旗の旒《はたあし》の義なりしが、後汓の義を取りてオヨグ義に用ひ、後氵を辵繞《しんにょう》に換へ、出で行きてアソブ義とす。

「遨」は遊也。故に辵繞。敖は音符。

そして、どの字にも出てあそぶという意味がつけられている上に、そこから連想される行動がいっぱい書いてある。曰く、「出て行く。他郷の客。官に仕えず。物見。遊山。旅。離宮、別野。扶疎（分布の貌、枝葉の盛んな貌）。放縦。自適ヒマナ人。交り。ヨシミ。交友。ヒマ。ヒマナ人。タノシム。ナグサミ。アソビ女。ウタヒメ。オゴル。ミダリ。……」

（私にこの原稿を書けというのは、私の過去には、これらの意味のうち最初の方に出て来た項目に該当する行動が多いかららしい。どうもおしまいの方に掲げたものは、余り私とは縁がうすいようだ。するとこれから書くことも、どちらかといえば前半の方に片寄ったことを述べて、後半の方は、やや手薄になるかも知れないな。）

それから、ラルス[1]でJouerというのを引いて見た。翻訳して書くと少し意味がかわるかも知れないが、試みに写して見れば、まず「あそぶ」「たのしむ」があって、「楽器の音を奏でる」「動く、楽に機能を果たす」「正確に勘合しなくなる」「方向や強さが定まらない」「偶然のため計画が何回も失敗に終る」「上手に生き生きと扱う」「賭《か》ける」「だます」「劇またはその中の人物を演ずる」「まねる」。なお回帰動詞として「おどける」「ふざける」「あなどる」「攻撃する」

などが加えられている。

（ここでもやはり全般には枠からはみ出た感じが共通にある。出題者は私のつくる建物が普通の四角いものでないととって、その辺での造形論をやらせるつもりだろうか。私だって決して出鱈目《でたらめ》に曲げているわけではない。最後の方にあるふざける、あなどる、などいった造形をやっているわけではないので、誤解をしないで欲しい。）

洋の東西ともに「あそぶ」とは、何かから出ることであるらしいとわかった。出てどこへ行くのか。何のために出るのか。どうやったら出られるのか。こんな問題がここで扱うべき論議の対象ではないかと思う。

ここで、私が日本女子大の通信教育の『住居学』の扉頁に書いて置いたことを再録して置く。それは私の答えだからである。

「ときどき旅行をすることをすすめます。金も暇もいらない魂の旅行をすることを。この肉体の中ばかりをうろうろしている魂に、ときどきは肉体から飛び出して、人の肉体の中に入ってみたり、あるいは空高く舞い上がって宇宙全体が見とおせるような所まで遊びに行くことです。

銀河も、あらゆる他の星も小さな一つの塊に見える所まで行って、またもとの肉体にもどってくることとです。そしてわが胸のぬくもりの中で静かに旅の思い出にふけってごらんなさい。顔におのずとほほえみを覚えるでしょう。」と。

ところが、この頃、この私にとっては至極簡単なことが、他人にとっては、決して易しいことでもないし、結果が必ずしもほほえみとならないらしいことに気がついた。もう少しいろいろな条件を説明しないといけないことがわかって来た。それを説明して理解してくれても、果たしてそのようにやってくれて、そのような結果になるかは、まだ確実ではないが。

二

先ず、とび出す源の枠のことからとり上げよう。

哲学者や、宗教家や、心理学者、その他諸々の学者は、いろいろに説いているかも知れないが、私は先ず自分というものを枠と考える。この枠が実は一通りの枠ではない。

先ず、自分の魂がどんなに力んで見てもどうにも統御できない自分というのが存在する。それはどうも一番強く肉体とか生理とかに結びつけられている部分である。暑い寒いを感じ、腹が減ったの、痛いの、憂鬱だの、癪《しゃく》だのと私におかまいなしにいろいろな情緒を押しつけて来る。しかしこれはある程度の訓練で次第に統御できないことはない。完全とはいわないまでも、その発見する範囲を縮めることは可能だ。そういう自分が先ず核にある。これを包むようにして、私の過去の経歴がある。あれをやった、これをやった、そしてそれらは、どんな結果だったという私の判定を加えて、前の核の自分のまわりにまとっているが、雑然として置くわけにいかないので、私なりに脈絡がつけてある。体験がこれで経験になるものらしい。この脈絡のつけ方に既に、実は「あそび」の要素がひそんでいるのである。それはまたあとで述べよう。

次に、右の星雲のようにとらまえにくい自分が、大きくなったり、小さくなったりする範囲を示すような自分というものを設定して見たい。欲得というエネルギーによって、触手をあちこちにのばしている。自分というものの将来像といってもよいかも知れない。一生懸命そうなりたいと思っているから、努力のつみ重ねでそうなる可能性は大いにある。

だが一方に、他人から見た私というものの評価がいつも私をとりまいているわけで、それ自体は表面だけの観察だから、あまり当てにならないとしても、それを受けとめた私の側での反射とでもいおうか、そういう資料をもとにした私自身の私の評価というのがある。欲得と混合し易いので甚だ区別しにくいが、しかし別な自分というものの姿がそこにあることは考えられよう。

これらが私は枠だと考える。枠という意味はこれらを前提として私という個の生存の条件は与えられるからである。生存ということにこだわる限り、これは束縛として私を内に閉じ込めるように働くだろうし、その外にはみ出す時は失敗という結果が待っているものと想定されているからである。これが「非あそび」の世界を形成している。

「あそび」が出るということであるならば、私はあそぶ限りこの枠の外に向う以外にあるまいが、その時に、生存の問題を背負って行くと危険だから、これを置いてゆく。置いてゆくことによって、もう一つの「あそび」の自分というものを形造れる。それは枠の外に出るので、拡大を伴うわけだ。

三

以上が、自分というものの水平断面だとすれば、もう一つ縦割りの見方が存在する。これは水平割りより入り交じっていて区分が難しいが、大まかにいって肉体的なもの、知的なもの、そして情緒的なもの、更に加えるならば意志的なものと運命的なものに分けられるだろうか。「あそび」はこの何《いず》れの分野に於いてもあり得ることだ。私たちが生きている限り、これらは刻々に変化している。最も客観的にわかり易いのが、肉体的なもので、育ったり衰えたりしている。そして同時に、時間と共にその各分野での体験というものが積み重ねられる。体験はすでに過去になったもので、もはやどうにもならない。どうにもならないけれどもこの自分という存在のまわりにどんどんとふえて行く。忘却という手段がなかったら、この自分のまわりにネトネトとへばりつく体験でやがて動きがとれなくなるだろう。

刻々にたまってゆくこの体験のどれを保存し、どれを忘れ去るか、そこが問題だ。具体的なあれやこれやがいっぱいにひっからまって私のまわりにくっついている体験の中から、エッセンスだけ引き出してそれをとどめ、あとは捨てるに限る。忘却というしあわせな手段が与えられている。だがこれがまた、勝手に働いてせっかく止め置こうという分にまで作用することもある。

体験を止め置きたいのは、止め置くと、次の時に役に立つからである。生存を守る上で武器となるからである。体験をくりかえすことは、どう反応したらよいかを学習するよい機会となるからである。このようにして体験が経験になってゆくと前にも書いた。

所で、体験に脈絡をつけて筋書きをつくり上げて経験になるとはいうものの、その根元には生存を維持しようという、本能的な働きがあるとしても、すべて過去となった体験は今さらどう脈絡をつけようと、そのまますぐには生存をおびやかすことはない。ここに「あそび」の要素がひそむと私はいったのである。

脈絡のつけ方は千差万別で、ほとんど人の数だけあることだろう。そこに人生の経験がそれだけ積み上げられ、互いにぶつかり合い作用し合い、かなりな数のものが、かなり方向を同じくして行くことだろう。体験の種類が似ていればなおさらそれは促進される。これがある程度民族的なとか、地域的なとか、イデオロギー的なとか、一纏めに大ざっぱに分けて見られるようなグループを形成してゆくのであろう。今日は、それらが大いに入り交じり合いをはげしくしているので、時には全く組みなおしを余儀なくさせられることがあり、そのために大変苦労することもある。生存がそこに顔を出し危険を告げる時はなおさらである。

四

そもそも脈絡のつけ方が千差万別だと、私に意識させたそのことも、実は私の体験に脈絡をつけるに迷いがいつもあった、という体験に基づくのである。生まれてこの方四歳まで私は小石川で育った。この大正中期の東京市の中での生活が何らかの形で私に一つの経験をつくり上げさせていたであろう。やっと言葉にまとめて意志や情緒を表現できるまでに自分なるものを纏めた頃に、私はスイスに連れてゆかれた。すべてやりなおしである。一切はフランス語的にまとめなければならない。私はジャン・ジャック・ルソーの教育方針にのっとった幼稚園で二年間を過ごした。やっと一人で何とか自分の身の回りをそれによってまかなえるようになった年に日本に戻って来た。日本の小学校は全く別の世界であった。日本語の覚えなおしである。二年経ったらフランス語は再び完全に忘れ去られた。そして一二歳の時再びスイスに連れてゆかれて、また一切をフランス語で考えなければならなかった。日本語は話だけでなく読み書きにまで定着をしていたから、もうそう忘却が私から外してしまうことはなかったが、一つ一つが新しく、新しい加えられ方をしなければならず、時には矛盾することもあった。今度はフランス語ばかりでなく、ラテン語、ギリシャ語、英語、独乙語も一緒に教えこまれた。中学生の私にはまだ体験不足でわからないことだらけだが、日常生活のフランス語だけがやや定着した。日本へ帰る前に四ヵ月ほどスコットランドへ一人旅をさせられ、一切が英語となった。小便がしたくても、腹が減っても一切は英語で表現しないと通じない。一番面白いのは急に痛い目を見た時に発する声である。日本にいる時は、「イタッ」となる。フランス語だと「アイッ」になる、英語で……等々、これは考えて出る音ではない。体験の脈絡はこのような変化としてあらわれるのだ。

中学を終って日本に戻った私は、入学試験のため、専ら日本の古文と漢文に専念した。かつてフランス語の古文も現代文も区別がつかないで、作文の時に先生に笑われたことを思い出していた。以上は専ら言葉を中心にとり上げたが、物の形、心の姿でも同じである。食物も変われば私の経験だと三ヵ月で考えまで影響する。

どれもこれも生存のためにやったことだが、今となって見れば、時に生存に無関係にあの場合、この場合で脈絡のつけ方を変えることもできる。これは完全な「あそび」である。ただここに一つ条件がある。それは学習の必要ということである。

ある時、ノールウェーの人と議論をしたことがある。再び言葉の問題だが、彼の得意なのは勿論ノールウェー語、次がドイツ語、もう少し駄目なのが英語、そして少しわかるのがフランス語。それは丁度私とは逆の順序であった。意志の疎通のためには下手でも次々の言葉を用いなければならない。だがここで面白いのは、自分の方が得意な言葉で話している間は議論に勝てるということだ。国際会議の難しさはこんな所にあるのだろう。私の場合は政治も外交も大した影響のあることではなかったからいいが。

逆にいえば、体験の脈絡づけに、いろいろな「あそび」が可能になれば、相手の立場はもっともっと理解できて、納得させられるだろうにと思うのだが、同じ国語の中で話していても、それさえ思うようにならないのは悲しいことだ。それは学習不足ということにある。学習不足が一番目に見えてわかるのは、肉体を用いての「あそび」である。手品や曲芸までゆかずとも、あらゆる遊戯についていえるし、日常の生活の仕方にまで及ぶ。暑さ寒さの耐え方にまで。

五

「あそび」にはそのような価値がある。

だが、生きて行くという至上命令の前で、なおかつ「あそび」という生きることと関係のないことを選ぶには、私は二つの態度があるように思う。

先ず考えられるのは、どちらを選ぶかという、比較の問題によるものだ。そしてこの中が更に三段階にわかれる。生きるためには、いつも「ねばならぬ」というのがついている。「ねばならぬ」ということは億劫《おっくう》だ。「あそび」にはそんなものはない。したくなければしないでよいのである。これは「らく」だ。そこでこの二つのもののうち一つを選べというような場合には、後者を選ぶ。らくな方を選ぶ。比較の問題である。これは最低の「あそび」。ほとんど何もしないというあそびである。生活してゆくためにはこれだけのことをしなければならないという枠をはみ出すだけのあそびである。

何もしていない間、そのなまけ、ひま、放縦さの快さはあるが、「ねばならぬ」ことを延ばしているだけの後のなさ、しないと具合の悪くなるおそろしさがあとに控えている、何とも暗いものがある。こんなのは余りすすめない。

次にあるのは、同じ何かやるなら快い方、楽しい方を選ぼうではないかという類《たぐい》である。これも一方に、生存のための「ねばならぬ」ことを放置しているのだから、うしろめたさやおそろしさは同じである。ただ、快さや楽しさがこれと同等であるために帳消しになる。あとであれだけ楽しかったんだからまあいいさ、というわけを自分にできる安心感がある。

その上にあるのは、子供らを見ていてわかる種類である。子供らは生存ということにこだわらないから、あそびが中心となる。動物の世界に近い。動きたい衝動にかられれば、何を置いても動く。動いて肉体的な快感を存分に楽しむ。まねをして見る。まねをしてそのものになったような錯覚を楽しむ。探検や実験に打ち込む。そのスリルの中に自分の全部を注ぎ込んでしまう。力だめしをする。自分の力がどこまでか、その闘争の中に賭ける楽しみに没頭する。生命の持続のために思いわずらいはしない。こういう「あそび」はすすめたい。全く人生は楽しくなるからだ。

六

以上のは、生きてゆくための「ねばならぬ」ということと、比較してこちらの方を選んでしまうという類だが、他の一方はもう少し現実的なもので、先ず「ねばならぬ」を先にして、その代わりにという平衡型というものである。やらねばならないことをやった。それはつらいこと、かなしいこと、さびしいことなどに、時にはいかること、うらむことにも耐えて行わねばならなかったに違いない。そこで、これのバランスのために憂《う》さ晴らしのあそびがある。一番ひどいのはヤケクソの枠破りである。せっかく生存のために行った蓄積は、これで台なしにされる場合が多いが、主として情緒面での発散によって、生存のために得た体験を忘却という手段で捨てさるために用いられる。

それより少し損害の少ないのが、穴埋め式とでもいうものだ。一つの逃避の形式だ。何によって、どんなことをやって、それを穴埋めするかはともかくとして、忙殺に対して安逸を、寂しさに対しては賑やかさを、空虚さに対しては充実を、辛さに対しては楽しさを、などなどと求めることで、「ねばならぬ」のために費やした消耗をとりかえそうとするものである。それを生きてゆく上の枠外に求めるならば、利もなく害もないものとして「あそび」の世界で成立させられる。これによって生き続ける力を再び獲得するならば、あそびも満更さげすむばかりのものではない。

だが、もう一つ上級のあそびがある。そしてこれをすすめたい。ヘドニズム(2)というのがこれに相当するのか、まだよくは研究していないが、アリスチプスの創設したキレーネ派(3)の哲学のように、「あらゆる瞬間をよろこびで充たせ」という類である。これがうまくできるようになると、「ねばならぬ」までが本当のよろこびと直結してしまうといわれている。

七

所で、「よろこび」だが、「よろこぶ」と訓じる漢字の意味を調べると随分といろいろなのがあるのに気がつく。

「喜」は善いことを見たり聞いたりして、心によろこび気嫌のよいさまだそうだ。事に関係して心によろこびがあらわれるのである。祝うのに近い。祝うことに更に徹すると「慶」になる。昔、吉礼には鹿の皮を進物にしたのでこの字が作られているという。また礼物をおくって慶ぶのに「賀」がある。貝が使われた字は貴重なものをおくることに連なっていた。

「悦」が事に対し心の方を重く見るよろこびである。「説」も同じで、もとは論説となるそうだが、心の内に大慶して満足し、うれしく思う、気に入ってよろこぶことである。服し従うという意にも近いという。

これで見ると私の外で起きた事によってよろこぶ場合と、外はともかく心のうちによろこびが発生する場合とがあるらしく見受けられる。これからいけば、生きるための努力をしている時でも、成果があがる時を喜、そうでない時も悦をうまく求め得れば、いつもよろこびでいっぱいになる。

さらによろこびの表われ方について、歓、欣、懌、怡、などの違いのあることを知った。歓はうれしがって声を出し、躍り上るようにしてよろこぶので、噪《かまびす》しい意があり、よろこびのやかましい姿、時にカマビスシとまでなる。

これに引きかえ「欣」は悠々としてうれしさのこじまりな姿、「懌」は、心が潤沢で、とけうるおい、しっとりとしみこんでよろこぶこと、また人をよろこばすことだし、「怡」はニコヤカな顔で面白そうに見えるのをいう。この怡が怠と同じ義ではないかといっている。よろこべば自然おこたりの情兆があるからだとしている。この他に心が浮きうきして楽しい「愉」（病癒《い》ゆるか?）、ねんごろなのをよろこぶ「慺」、準備ととのって安んじている「豫」などがある。

また、喜は怒と、歓は悲と、欣は戚（いたむ）と対になる。

八

こうしていろいろなよろこび方があるのを見ると、それぞれそれに応じたあそびが考えられる。そこで、あそびの選び方によっていろいろなよろこびを獲得できるともいえる。

ところで、ここでタウト(4)が多くの影響をうけた詩人シェールバルト(5)の詩のことにふれたい。意訳すれば「スタイルはあそびを目指す、あそびはスタイルを目指す。目指す所あそびとはスタイルである」となる。ここでスタイルというのは私なりの解釈でゆけば、ある秩序である。秩序は美に通じ、好みとなり、私の欲しているものとなるのだが、秩序には枠がある。私の欲するものは枠から外れたがる。そこにあそびがあり、たるみが生じ、なまけがあり、らくができる。それが楽しいのだが、楽しいためには心身の安らぎが必要で、簡単容易であることを必要とし、秩序立っているのがよい。この矛盾の中を往き来する所にシェールバルトの詩の面白さがある。秩序立てようとする傾向と、秩序から抜け出そうとする傾向、この二つともあそびといってよい。生きている間にいろいろとする体験の秩序立て、これもあそびだという意味は、そこにある。だがまたそのように秩序だてられた経験ではあきたらず、そこから抜け出そうとする所にもあそびがある。抜け出して新しい秩序を求めるのだといえば、もとへ戻るわけだ。

さてしかし、秩序立てるといっても、どの位の範囲のものを秩序立てるのかによって、かなりの目方の違いのようなものがある。

例えば、肉体的な快感。生理的に安定した秩序を乱し、逆立ちしたり、とびはねたりというのは確かに別な秩序だ。だが個人の生理ないしはそれから派生する情緒、思考などに僅かに影響する程度である。動作や思考をまねる、演じるというのも、普段の自分の秩序から抜け出ることだ。英語のプレイが先ず演劇をさしていることにそのあそびが新しい秩序の中に入ることを指し示している。子供のオママゴトは最も初歩的なよい例であるが、そうすることによって、いろいろな秩序のあることを個人の肉体ばかりでなく、もう少し広い人間関係の中で確めることにもなる。

実験とか探検は、日常の人間関係のみにあき足らず、もっと変わったものはないかとさらに新しい秩序の存在を探すことにあり、日常の枠から外れる意味であそびの雄といえよう。多くの人間がいろいろな方面でこの枠をこえてのり出して見付けたものの蓄積が文明を生み出した。

そのようなことをお互いにしようではないかという申し合わせが、その上にある。発見を競い合うのだ。ところが競い合いには勝負が存在する。勝負の判定には一定の規準となる物差しが必要だ。となるとルールも必要だ。スポーツはすべて、このルールの上に成立している。すべての勝負ごとがそうであるように。そしてそれはいわゆる遊戯ばかりでなく、生活全般にも及んで来て、一つの文化をつくり上げる。競い方の違いである。序列のつけかたの差である。

ここまで来ると、あそびもあだやおろそかにはできなくなる。時間つぶし、逃避、僥倖《ぎょうこう》、といった消極的なことから、もっと個人の地位も財産も、名誉も、いや生命まで賭けてよいものともなり得るのだ。そうすることによって、生存のために縛られている枠からの脱皮ができ、悔いることのない生命の燃焼ができるのではなかろうか。

その世界では怒りも、悲しみも、憂いもよろこびに還元される。それをやらしてくれるのが本気のあそびだ。一切を賭けてのあそびである。そんなあそびを私はすすめたい。

（一九六七年　五〇歳）

好きなものはやらずにいられない――生きるか死ぬか生命力を賭けて

「やらずにはいられない」と「やらざるをえない」とでは、雲泥の差があります。

私は自分の携わる建築学が手放しで好きなのです。俗に、寝食を忘れるといいますが、人間好きなことに打ち込んでいるとき、最も充実感を味わうのではないでしょうか。そして、その結果が皆さまに喜ばれ、文化財として後世に長く残れば、なおのことです。自分が一番興味を持っていることに熱中できるのは幸せなことかもしれません。

といっても、行く手には問題が山積みしています。それは生きるか死ぬかの真剣勝負です。それを乗りこえることに人々は喝采《かっさい》します。いわばハードル競走で、障害物を一つ一つ克服していく過程において新たな妙味も生まれてくるのです。満腹より空《すき》っ腹のときのほうが食事は美味しいものです。与えられた条件の中に問題が山積みになっているほうが、立ち向かう人間としては意欲がますます湧いてくるものでしょう。

「建築」は、人間生活のあらゆるものにかかわりを持つものです。一市民の住まいから国家の公共的な政策に至るまで、建築の手がかかるのです。こと建築に限らず、作り上げる喜びを感じればこそ、それが励みになり、仕事にも精が出るはずです。私もそうです。またU研究室にいる人たちも、そうでしょう。

そして、作り上げたものが多くの方に喜ばれ、長く残っていくようであれば、手がけた人間の嬉しさはとてもことばで表現できるものではありません。

評価は、世の中、世間の人が与えてくださるものです。ということは、何かしら世のため、人のためになるようなものを作らなければならないということです。結果を判断するのは周囲の人、世間であるということを忘れてはなりません。お釈迦様といえども生前は生《な》ま身の人間でした。それが、入滅したあと仏様として崇められるようになりました。立派な足跡は、のちにそれなりの評価を受けるはずです。そして、立派かどうかということは、とりもなおさず世の中が決めることなのです。

ただ、いずれの評価を受けるかはともかく、なぜ建築学に携わっているのかといえば、まずこの仕事が好きだから、作ることが好きだから、——という理由に勝るものはありません。行動を支えるものは好奇心だ、といいかえてもいいでしょう。

ゴルフにさほど興味のない人は、あんな大きな耳かきのような棒で動かないボールを叩いてどこがおもしろいのか、といいます。しかし、ゴルフの好きな人は、それが楽しくて仕方がないのです。まさに〝やらずにいられない〟のです。

学問には本来、あそびの要素があります。生み出したものが真に役立つかどうかは、わからないのです。しかし子どもは買って与えた玩具をすぐ分解して、一体なかはどうなっているのか、無心にいじくり回します。まさにそれなのです。どうなっているのか？　興味しんしんで物事に取り組むこと。それがすなわち学問というものではないでしょうか。

自分の携わるものに生命力をもって取り組み、結果的に良いものが出れば、あとは「お天道様と米のメシはついて回る」でしょう。どんな雑草にもお天道様は平等に光の恵みを与えてくれるはずです。ときには光は強くなったり弱くなったりします。しかし、光の量の多少にかかわらず、これについては自信がある、この分野では人に負けないという領域を持つことが大切なのです。それが生命力というものでしょう。

過日、国立演芸場で「一芸一人会」というものが開かれました。猿の動作のマネをさせたら日本一の人、誰にもできない尺寸虫の動きをマネしてみせた人等々……みな一芸に長じた人ばかりが、これが自分の芸だというのを披露しました。

人それぞれ携わる分野は違います。猿の動作のマネに自分の生命力を賭ける人もいます。私にとってそれは、好きでたまらない「建築学」なのです。宮本武蔵は剣に己の生き方を見ようとしましたが、つまるところ剣は一つの武器でしかないことを悟るに至ったといいます。生きるとはどういうことか……好きな建築学を通して世の中のため、微力ながら力を尽くしていこうと私は考えております。

（一九八〇年 六三歳）

人生は賭けの連続

日々の行動は選択の連続

どうも運を全く天にまかせたような賭けを選ぶということは私の性に合わないようだ。もっとも、その選択の結果、私の方に好運がついているという自信がないことからかも知れないし、これまでの努力で積み上げたものを悪運につき崩されるのはいやだという気の小ささからなのかも知れない。

そうかといって、私がコツコツと一つことを丹念にやっていけるような質《たち》でもないのである。中学生の頃に私の性格の心理実験をした山崎氏から、あなたは心の振れが大きい。大変敏感に反応するかと思うとすぐ次に至って鈍感な手ごたえしかしないという風だといわれたことがあり、その後の行動を反省して見て、かなり当っているようにも思われる。

人生の日々の行動というのは、何かの選択の連続である。床の中で目が醒めた時から、もう少しふとんのぬくもりを満喫するか、起きて早めに食事をするかといった選択にはじまって、一日中、右するか左するかを決めなければならないことだらけである。

そして、どちらかをとればその後は原因結果と一つの方向に進まざるを得ないのである。幸いにして、次々と分かれみちが生じるので、全く宿命のとりこにならないで済むのではあるが、与えられた幅はそんなに広くはない。時代の流れとでもいうのだろうか、大勢と共に生きているのだから、丁度一つの方向に流れている群衆の中にいて、右の方に行きたいと思っても、少しまでしか動けないようなものだ。ましてや逆行するというのは、もっと難しい。

もしも賭けというのが、この選択にあるとするならば、人生は賭けの連続だといえるだろう。そしてこの選ぶということは、自主的な反応だともいえるので、賭けとは主体性を確立するということに他ならないことになる。どうも運は天まかせということとは大変矛盾するようなことになってしまった。

選ぶことの厳しさ

ところで、選ぶときに、単に好き嫌いに従う場合もあるだろう。結婚というような大きな影響を後に齎《もたら》すようなことでも、これが物差しであることもよく見られる。あるいはもっと打算的な損得が規準になっての予想に従うこともあろう。商売などはもっぱらこれの勘を大切にしている。またこうしたことを無視しても面子《めんつ》のためには嫌でも損でも私が捨てるのだと考えて、ある方向に踏み出してしまうこともあるだろう。

こうした己の側からの積極性に対して、いわゆる流されるとでもいえる無選択の選択というのも一つの選択であるし、更に厳しいと思われるのは、外からの圧力で、どちらかをとらなければならなくさせられてしまう場合である。これをはねかえそうとするためには、外圧に対し十分の強さを持たねばならず、時にはかなり困難な場合もある。こうしたことへの挑戦には大変な勇気を要することも考えられ、多くの艱難《かんなん》(1)を身に引き受ける覚悟がなければできない。

もう一つの選択に、時の勢いでというのがある。たとえば酒を飲んで気が大きくなり、大言壮語をして、やって見せるだとか、それは面白いやろうというような類である。ただしこのようなものは、酔いのさめた時が大切で、その約束を実現する行動を決心しなければ、単なる放談に終るというものだ。酒の役得は、ことの選択に当って、欲得を離れた判断をなし得るということだ。丁度よっぱらいがころんでも、赤児のように軽やかに抵抗せず怪我をしないように、思考もまた純朴であることだ。利得に目がくらまず、危険をも恐れない精神状態がそうさせるのかも知れないが、どんな無茶でも可能に見えるという所にある。だからそのまますぐに実行に移すと身をあやまることになりかねない。

こうした大言壮語の結末は一日を置いて酔いがさめて再考してからでもおそくない。まるで荒唐無稽な案はそのときふるいおとされる。しかしそれでさえ忘却の彼方へ押しやってはいけない。かなりよい考えなのだから、いつかその糸口が摑めないとはいえないのだ。

日常生活を見直す

今までの私の経験からすると、かなり荒唐無稽と思われそうなものでも、しらふで考えているうちに、ひょんなつながりと説得力を見つけて実現した場合が多い。

一例をあげればアフリカ探検(2)がそうだった。日本が占領下から独立してまだ間もない頃のことだった。ライオンが檻《おり》なしでうろついている所に一緒に寝て見たいものだという話がきっかけとなったのである。大学の先生方の話にしてはいともあどけないものだ。しかし同調者が数人いた。そしてやろうやろうと大気炎をあげたのであった。ライオンに乾杯！

さて翌日になって見ると、外貨の枠をどうやってとるか、とれたとしてもそれを買う内貨はないし、寄付は出してくれるかどうかもわからない。入国が許されるかも定かでない。

それから二年間かけて、計画案をつくったり、意義（説得用）を見つけたり、資料や資金を集めたりしたのだった。外貨の枠を貰うために各省のたらいまわしを断つ苦心も必要だった。何せいい年をした大人にしてはあまりにもたわいない計画だからなかなか大義名分がたてにくい。そんな馬鹿みたいな話には金は出せない、まだ経済成長のだぶついた金のない頃だったのである。

またアフリカと聞いただけで瘴癘《しょうれい》(3)の地だろう、猛獣毒蛇の横行している所だろう、人喰いにさらわれるなよとひやかす始末であった。このひやかしは大変有難かった。「行って見もしないで何をいうか。本当にそうだかどうだか行って見るだけの価値があるじゃないか」という大義が見つかったからである。

多分そうでなくなっているだろうとの楽観が私たちを支えてくれたし、皆がそう思っているなら、そうでない証明を、あるいは本当にそうならどんなに大変かを記録して報告する価値があるし、これを上映すれば受けるに違いないと、映画会社をスポンサーにする可能性が生まれて来た。糸口は見つかったのだ。

いろいろな計画はこんな風にして、あるいは実現し、あるいは他人によって完成されたりした。南極探検などもその一つだった。昭和基地ができてから、南極点まで到達した年に、はじめに企画した人たちが祝杯をあげたとき、集まった十数人のうち、実際に行ったのは報道担当の二人だけだったが、南極探検という仕事をつくり出した者だけの誇りは高かった。

今でこそ南極も観光のコースの一つになってしまったが、当時は人類未踏の地でどんな条件が待っているのか皆目わからない中で計画をすすめたのだった。その未知の世界への挑戦というのには身ぶるいのするような快感のあることも忘れられない。

そういった特別な出来ごとに発展した場合はもちろん思い出としていつまでも残る。だが、日々の一つ一つの挙動もこれまた意識すると一つ一つが未知の世界への一歩のようにも思われる。繰り返し行っているので、結果は大体予測がつくために、その度に覚悟を新たにしないのだが、その慣れが恐ろしいとつねづね感じている。そうそういつも緊張しているわけにもいかないだろうが、日常性のものも時に賭けと同じ気持で新しい目で見なおすことを心掛けるべきではないかと考えている。人生は賭けの連続なのだ。

（一九七七年　六〇歳）

私の住宅論

はじめに

同じ人生のことを扱っていても、哲学的な論文よりも小説の方が面白いということは、設計の上でもいえるような気がする。国土計画や都市計画も生活の改善には役立つのだが、住宅をつくる方がもっともっと肌身に近く解決をするからだろう。

この二、三年、私はすっかり個々の住宅から離れて生活していたので、またそぞろそうしたものが恋しくなって来た。近作なしにこの稿を書かされているので、はなはだ申しわけないが、五年も一〇年も前の作について、想い出のアルバムをめくるようなことで勘弁していただきたい。

僅か一〇ほどの作品で大きなことはいえないが、一つ一つの建て主から私は私なりに人生のいろいろな生き方を教えられた。都市計画を講じている時には、現代の歴史の流れの中での生活はかくあらねばなどと抽象論を叩いているのだが、さて個々の住宅へ当面して見ると、そんな理論を押しつけて建て主をこちらの枠の中にはめることはできない。

理論は抽象的な組立てに過ぎないのだが、一応そのまま具体的な形らしいものにも表現されているために、とかく安易にこれを押しつけられるような気にさせてしまうのだと思う。構図がどんなにしっかりしていても、まだ絵とはいえないみたいなものではなかろうか。もう一つそこに、建て主の色合いや筆の走りが加えられることを必要とする。建築をはなれた種々の品々、生活のにおいが定着できるような場が提供される所まで行かなくてはいけないのだと考えている。

今ふりかえって各々の作品を眺めてみると、果たしてこれまで到達したかどうか反省させられることだらけだ。しかしそうした努力だけはあったように思う。

もう一つそれに若干関連するだろうが、こうしてずらりとならべてみると、つくられた時代がやはり個々のものの上に反映されていることを感じる。終戦から今日までの日本の急激な変化が、何らかの形で個人の個々の反応の上にもあらわれるものだなあと、しみじみと考えさせられるのである。

因みにここに年譜を掲げて見る。この中には計画に終ったもの、途中から人手にたのんでしまったもの、等々も含まれている。

一九四六年　自宅及び書斎（木造）
一九五〇年　今村邸（木造）
一九五三年　及川邸（木造）
一九五四年　甲野邸（木造）
一九五五年　自邸（コンクリート造）
一九五六年　浦邸（コンクリート造）
　　　　　　吉崎邸（木造）
一九五七年　増田邸（木造）

十河邸（コンクリート造）

丸山邸（ブロック及び木造）

近藤邸（コンクリート造）

一九六〇年　三井邸（コンクリート造）

一九六一年　津田邸

これらの中から幾つかを拾い上げて、若干の説明を加えようと思う。

空間の分類

住宅の設計の第一歩は、先ず建て主がどんな空間をどれだけ必要としているかを知ることだ。寝室だ、食堂だ、台所だといった一般に通用している概念ではなくて、ある生活行為をするために、どれだけ隔離してほしいかということなのだ。それはたとえば便所のように完全にかくれた所になって欲しいという要求から、便所へ行く姿もわからないようにして欲しいという所までの微妙なちがいにまで及ぶ。それは行為だけでなく、人間関係にもつながっている。

及川さんの所では家族が三世帯半であった。半とつけ加えたのは、近く結婚される予定だった息子さんのことをさすのであり、それが殆んど別棟の形でつくられた。空間的には半世帯が他に比してかなり大きなものを取っているが、それはいわばこの家族の生活全体の中での、それぞれの未来を勘定に入れて推し測った重要度の違いと相関するといってもよいのだろう。それは面積比でも出て来るし、また相互のつながりをどこまで隔離したいかということとしても出てくる。

おそらく新婚の人々に彼らだけの世界を与えてやろうという思いやりが、玄関をへだてて向う側につかず離れずの位置を要求したものと考えられる。

複雑な家族構成では、特に現代のように個人を尊重しようとする時代では、平面配置が重要な指標として作用するといってもよかろう。浦邸はそれほど複雑ではなかったが、やはりこれに似た独立性の要求があって、それを更にはっきりと形にあらわしたのだった。すなわち個人の生活を主とした一棟と、団欒《だんらん》の生活を主とした一棟とをそれぞれつくって、これをつないだのだった。

よく公営住宅や最小限住宅などで、寝と食の分離だとか、分離就寝ということが唱えられている。寝る所と食う所とは別々の空間を確保すべきだ、男女の子供らは別々の部屋に寝かすべきだ等々の理論なのだが、この浦邸はそれをすなおに守ってできた形だといってはどうだろうか。ところがここでは台所、食堂、居間というものは特別に区切ってはいない。それらはすべて団欒のいろいろな形式として、隔離の要求がなかったと見てよい。その点に関しては、近藤邸や丸山邸では、同じように特に仕切りはしていないけれど、目通りの所では、それぞれの行為を区切ろうという意図があった。

この区切る区切らないということは、かなり人の性格にも影響されるもののようだ。ある空間を占有するということの要求と、他の空間につながっていたいという欲望とは、往々にして相矛盾する。かこわれ閉ざされ、鍵のかけられた中は、私の秘密が保持できる。恥部をこの中ではさらけ出しても、私だけが知っている。この外へ出る時には化粧し、裃をつけていれば、人々に私の裸の姿を知られないですむ。私が私だけの生活をする時は、この中に逃げこめばいいのだ。外から私を乱すおそれはない。

だがこの中は孤独だ。誰も私のことをかまってはくれない。欠点をさらけ出し笑いものになっても、人々とのつながりが欲しい。いつも一緒だという気持を暖めたい。そういう時には、仕切りは邪魔だ。私を待っているもの、私を受け入れてくれるものと一緒だと感じて、はじめて自分の家《うち》となる。

この二つの要求は矛盾しながら、いつも存在している。容積が充分にあれば、そのそれぞれの要求を充たす空間をつくることもできるだろうが、それは経済的な、家政上のといったいろいろな不便を伴う。小さな面積の中でこれらを二つながら満足させることはむずかしい。そこで考えることは、隔離にしても、つながりにしても、一体何をへだてたいのか、なにをつなげたいのかを考えることになる。見る、聞く、におう、歩く、等々に分析してみると、案外その一つだけで満足することを知ることがある。

窓などもそのよい例だ。採光、眺め、通風、時間的変化、造形的装飾等々さまざまな役目を持っている。これは主として内と外との境界についての分離と結合の役目を受け持つ所だ。

そしてここでまた矛盾した欲望が重なり合う。日射しの暖かく入ることを希《ねが》うが冷たい風は遮蔽《しやへい》したい。涼しい風は通したいが西陽の射し込むことは困る。大きく眺めを欲しいが、泥棒は怖い。等々と反対の要求はいくらでもあげられる。これなども要素を分析してゆくと、意外に簡単に解決がつくのではないだろうかと考えている。

人工土地、自然の土地

住宅を建てようと思えば、先ず土地を確保しなくてはならない。だがどんな土地でもいいというのではない。

土地には位置がある。どこそこということだ。そうした位置は、まわりとの関係ということで性格を決定づけるし、便不便もあろう。それが建て主の欲望と合致しなくてはならない。住み手の生活は住宅を根拠地として周囲との関係でおこなわれるのだから、それらとのつながりは充分検討に値する要素である。

だが一般には経済が支配して、他の方は我慢しなければならないことが多い。位置にしても、広さにしても、それらを充分満足させようとすると、懐の方が苦しくなり、大きな消費財だと考える限り限度が決まってしまう。私たちは経済財政企画の専門家ではないので、常識以上の援助ができないので、いきおい、与えられた土地の中から、何とか希望の宝を探し出して生かすことにより、失ったと思ったものを代償として与えられるという解決しかできない。またそこが設計のミソというものだろうか。

丸山邸も近藤邸も東西に細長い敷地であった。近藤邸の場合には更に南側の前面は一段と高い隣地な上に、そこに二階建てがあって、北側にも二階建てが見下ろしているという条件であった。

わずかに西に宝があった。谷をへだてた向うに、冬になると富士の英姿が浮かぶのである。思い切って北も南の面もほとんど塞いでしまって、この狭い空間を忘れさせる方法をとったのだった。西の広い眺めだけが室内まで入ってくる。

丸山邸の場合は、列車のように細長い空間が、縦方向に広さを与える。切られずにずっと続いている天井に目をやることで、この感じが出せたのではないだろうか。

コルビュジエがつくったマルセイユのアパートは、幅が三・六六メートル、天井高が二・七六メートルという大変狭いものである。だがその狭さを救っているのは、長さと、吹抜けとである。圧迫された空間でも、どこかに息抜きがあるとホッとして、満足するものだ。十河邸や甲野邸の場合はいずれも敷地が傾斜地や崖であった。住宅の床は常に水平であることを要求される。だがまた一方地形の起伏というものは、自然の美しさを与えてくれる。ここでは水平なものの要求と、傾斜の美しさを保存したいという心との葛藤の解決を迫られる。十河邸の時は、その段違いをそのまま利用して、各室を階段でつないでの面白さに生かし、順々に九重《ここのえ》の奥に入って行く気分がある。もっとも私的な夫婦の寝室が最奥の最上階にあるのだ。

甲野邸の場合は、それも不可能なほどの急傾斜だったので、思い切り人工的なテラスを作ってしまった。擁壁をつくって土盛りをしてというのが通常おこなわれるのだが、それと同じ費用で必要な水平面積を確保した上に、テラスの下にさらに遊びの場所がつくれたのである。

人工的な土地という考えは、ここで一つ試めされた。これはもっと敷衍《ふえん》すると重層にまで発展の可能性はある。従来の自然の土地の持つ制約を離れて、自由に私たちの必要とする要素を持った土地が私たちの手でつくる可能性が生まれたのだ。そこで私は自邸にこの試みをもっと発展させて実験してみたのだった。

コンクリートの床を何層にも重ねてつくって置けば、それは人工的に土地をつくるようなものだ。一〇坪の土地が二〇坪にも三〇坪にも、いやあるいは五倍、一〇倍にふえるのである。

もっともいいことは、すでに水平に仕上っている上に、上の階が天井となって存在するから、家を建てるのには壁や出入口、窓だけつくればよい。間取りは自由に好みに応じて仕切りを入れればよいのだし、電気、水道、ガスといったものは、たてに通っている管につなげばいいので、自由に好きな所に取りつけられる。もともと土地と考えているから、場合によってはそのまま庭にして置いてもよい。土を置いて灌木《かんぼく》位は結構育つのである。

ヨーロッパや北米あたりでは、今アパートがこんな様式でつくられている。南米でもこの試みが進められている。人工の土地を分譲するのである。出来上ってしまった高層住宅では住む人の希望に合わせたつくり方はできない。こうした人工の土地なら、それから好みに応じて間仕切りもできるだろうし、つくり方によっては広さもいろいろに区分できる。

浦邸の場合も、この人工的な土地の考えが入っている。ただしこの場合は、一定の規格でつくったものを、つぎ足してゆくことで必要なだけの広さを獲得するという方法だ。実際にはその場でコンクリートの打ち込みをやって一品生産的につくったのであるが、注文が沢山あれば、工場でつくって、据えつけるだけということも可能なのだ。こういう方法だと、日本のように起伏の多い土地では、どこにでも住宅適地をつくることができる。せっかく農耕によい平坦地をつぶして、住宅を建てることはない。あるいはまた市街地の中でも高層化して、もっと有効に高い地代を利用できるのではないか。

しかしこれは一つの理論である。建て主はいつもこれに賛同してくれるとは限らない。しかしたまたまこちらの理論に納得して下さる方もあり、そうした時にはほんとに嬉しいと思う。実際の設計の段階に入るまえに、こうした紙面であるいは将来の注文主と今話しているのかも知れない。

住宅は建築のはじまりであり、終りでもある。いつか私の考えをもう一歩前進して実現させる機会のあることを祈って止まない。

（一九六三年　四六歳）

『ある学校』

原始社会を眺めて、いかに自ら食を得て生命をつなぐことが難しいかを感じさせられる。それ故子のために自ら生きることをきびしく教える。それは種族保存の本能かも知れない。

文明国になれば飢饉《ききん》の心配はなくなる。だが子供が一人前になるためには、ずいぶんいろんなことを覚えなければならない。もはや親の力だけではそれを果たせないほどのことを。そこに学校が必要になる。

日本が今日まだまだ上昇線を辿っているのは学校の教育に熱心なのと、子供の好奇心の旺盛なためだ。

この両者の求める所を十分に物質的にも心理的にも与え得るような場を作ってやることは、子孫のための義務ではないだろうか。それは一律なものでなく、それぞれ個性のある人物をつくり、それによって世の中に生きられ求められる人間となって貰うために。

（一九六〇年 四三歳）

註

コンクリート壁の表情

1［ラシャ］厚手の毛織物の総称。**2**［力道山が…］一九五九年八月七日、力道山が覆面の外国人レスラーのミスター・アトミックを破った試合のこと。**3**［モルタル］セメントに砂を混ぜ水で練ったもの。**4**［テラコッタ］粘土でつくった素焼の容器や彫像。**5**［ヴィクトル・ユーゴーの…］ユーゴーは『レ・ミゼラブル』の著書で知られるフランスの小説家（一八〇二―八五）。「ノートルダムのせむし男」は『ノートルダム・ド・パリ』に登場する、外見は醜いが心優しい男カジモド。**6**［マルセイユのユニテ］ル・コルビュジエが設計した南仏の集合住宅ユニテ・ダビタシオン。当時ル・コルビュジエのもとにいた吉阪は現場監理を担当。**7**［可塑性］固形物に力を加えて変形させたあともとに戻らない性質。**8**［数寄屋］数寄屋造。茶室風の様式をとり入れた住宅建築様式。**9**［ジャンカ］コンクリートが固まった際にできるすき間が多い不良部分。

都市住居論

1［ファベラ］ファヴェーラ。リオデジャネイロの貧民街。

環境工学とは何か

1［南極の越冬が…］一九五七年、日本の南極探検の起点となる昭和基地の建設が開始され、同年副隊長の西堀栄三郎など一一名が越冬に成功した。**2**［妙義山の…］山岳ベース事件（一九七一―七二）とあさま山荘事件（一九七二）を起こした連合赤軍のメンバー。

硬い殻軟かい殻

1［歩哨］軍隊で監視の業務にあたること。**2**［スタンレーの…］ヘンリー・スタンリー（一八四一—一九〇四）はイギリスのジャーナリスト・探検家。一九世紀後半にアフリカを訪問し、探検記を何冊か執筆した。**3**［ドキシアデス氏の…］コンスタンティノス・ドキシアディス（一九一三—七五）はギリシアの建築家。『エキスチック』は一九六八年の著書。**4**［エドワード…］ホール（一九一四—二〇〇九）はアメリカの文化人類学者。〈かくされた寸法〉は「かくれた次元」とも訳され、彼の主著の題ともなった（一九六六年刊）。**5**［メリスマと…］メリスマは歌詞の一音節（シラブル）に対して複数の音をあて、装飾的に表情豊かに歌うもの。シラビックは一音節に一音符をあてる旋律法。

木の文化

1［武石先生］武石弘三郎（一八七八—一九六三）。彫刻家。吉阪の母校・早稲田大学理工学部建築学科の講師を務めた。**2**［ドリア族］ダニューブ河はドナウ川のこと。ドリア族は、紀元前一〇〇〇年ごろにバルカン半島に北方から侵入した民族。**3**［オボ］モンゴルで天神を祀る標。石を積み上げてつくる。**4**［ヴォールトやドーム］ヴォールトはかまぼこ型の天井様式（穹窿）。ドームは半球型の天井。

自然、何を自然というのか

1［イエロー・ストーン・パーク］アメリカのワイオミング州、アイダホ州、モンタナ州にまたがる世界初の国立公園（一八七二年制定）。

ファサードについての断章

1［ファサード］西洋建築の正面、前面の外観。**2**［バレーの…］「レ・シルフィード」はショパンの曲を編曲したバレエ作品（初演一九〇七）。**3**［華佗］中国（後漢末期）の伝説的名医。**4**［見えがかり］外側から見える部材の部分。**5**［見込］正面から見たときの奥行き。**6**［むくり］起り。なだらかな凸状になっている屋根などのこと。**7**［隅切り］建物の角を少し切り取ること。**8**［大梁間］柱と柱の間を長くとる建築構造。**9**［ル・コルビュジエ］スイス・フランスのモダニズムを代表する建築家（一八八七—一九六五）。吉阪の師。**10**［モデュロール］ル・コルビュジエが考案した寸法体系。男性が手をあげた姿勢の指先・頭・みぞおち・つま先の間の三つの寸法が黄金比になることに注目、フィボナッチの数列に展開したもの。**11**［ロンシャンの教会］ル・コルビュジエが設計したロンシャン礼拝堂（一九五五年竣工）。**12**［ベンチマーク］水準点。**13**［アルハンブラの宮殿］スペインのグラナダ東方の丘にあるイスラム王朝時代の宮殿。**14**［园林邸宅］中国の園林・庭園のある住宅。

地表は果して球面だろうか

1［おのころ島］日本神話で神々が最初に生み出したと言われる島。**2**［バルバロス］もとは「醜い言葉を話す者」の意で、ギリシャ人にとっての異民族を指し、そこから野蛮人の意味となった。**3**［跼蹐］かしこまって身を縮め歩くこと。**4**［オプチマム］最適。**5**［非ユークリッドの世界］ユークリッド幾何学のうち、平行線は交わらないという公理を自明としない幾何学（楕円幾何学と双曲幾何学）。**6**［水津一朗］地理学者（一九二三—一九六）。**7**［巌洞湖］岩手県盛岡市の山間にあるダム湖「岩洞湖」のことか。**8**［コルセット］一六—二〇世紀初頭、胴回りを細く見せるために用いられた女性用下着。**9**［ポール・ポアレ］フランスの服飾デザイナー（一八七九—一九四四）。**10**［ヴィオネ］フランスの服飾デザイナー（一八七六—一九七五）。**11**［クレープ・ド・シーヌ］クレープ・デシン。フランスちりめん。薄地で軽く柔軟。**12**［シャネル］ガブリエル（ココ）・シャネル（一八八三—一九七一）。フランスのファッションデザイナー。**13**［魯迅］中国の小説家・思想家（一八八一—一九三六）。**14**［饕餮文］中国・殷周時代の青銅器に見られる怪獣の文様。「財を貪るを饕といい、食を貪るを餮という」とされ、物欲を戒めた。

不連続統一体の提案

1［サンパウロのビエンナーレ］ブラジルのサンパウロで二年に一度開催される世界的な美術展（一九五一—）。**2**［C

IAM」近代建築国際会議（一九二八―五九）。**3**「松崎君」建築家の松崎義徳（一九三一―二〇〇二）。吉阪主宰のU研究室、のち吉阪のもとから独立した建築家集団・象設計集団に属した。**4**「私の住まい」当時吉阪の自宅は新宿区百人町にあった。

有形学へ

1「カタコトの…」一九二〇年、吉阪は四歳で父の仕事のためスイスのローザンヌ、次いでジュネーヴに引っ越した。**2**「日本の小学校に…」一九二三年、吉阪はスイスから帰国し暁星小学校に入学。**3**「再びスイスに…」一九二九年、吉阪は家族に連れられふたたびスイスへ渡った。**4**「和辻哲郎」哲学者・倫理学者（一八八九―一九六〇）。『風土』は代表作。

あそびのすすめ

1「ラルス」ラルース百科事典。フランスの代表的な百科事典。**2**「ヘドニズム」快楽主義。**3**「アリスチプスの…」アリスチプス（アリスティッポス）は古代ギリシャの哲学者（前四三五ころ―前三五五ころ）。ソクラテスに師事、快楽に支配されず快楽を享受すべきと唱えるキレーネ学派を創始したと言われる。**4**「タウト」ブルーノ・タウト（一八八〇―一九三八）。ドイツの建築家。一九三三―三六年に日本に滞在したことでも知られる。**5**「シェールバルト」ドイツの小説家、詩人、ジャーナリスト（一八六三―一九一五）。

人生は賭けの連続

1「艱難」困難に出会い苦しむこと。**2**「アフリカ探検」吉阪は一九五七年、早稲田大学アフリカ遠征隊を組織し赤道直下の「アフリカ横断一万キロ」を行った。**3**「瘴癘」気候や風土による伝染性の熱病。

吉阪隆正

よしざか・たかまさ（一九一七〜八〇）

建築家

生まれ・育ち

一九一七（大正六）年二月一三日、東京市小石川区（現文京区）に、父俊蔵（官僚）、母花子の長男として誕生。父母とも先祖は学者の家系で知られる箕作家。二〇年、国際労働機関設立のため父が赴任したスイス・ジュネーヴへ。二三年帰国し、暁星小学校に入学。大久保百人町（現新宿区百人町）に居住、日本では生涯その地に住む。二九年、再度ジュネーヴへ。思考と環境の多様性を尊ぶ吉阪の思想の基礎は海外生活で培われた。三三年帰国。早稲田高等学院を経て早稲田大学建築学科卒。大学の師は考現学者の今和次郎。四五年結婚。妻は富久子。二男一女あり。

建築家として

四七年、三〇歳で母校の助教授に（五九年に教授、六九年に理工学部長）。五〇年、フランス政府給費留学生として渡仏、ル・コルビュジエのアトリエで働く。帰国後建築家としての活動を本格化、五六年竣工のヴェネチア・ビエンナーレ日本館は、戦後日本のモダニズム建築の出発点と言われ、芸術選奨を受賞。他者との共同作業を好んだ吉阪は、自邸の庭にプレハブのアトリエをつくり、多士済々が集った。

登山・探検

中学時代に父に連れられアルプスに登り、登山を始める。早稲田高等学院在学中から山岳部に在籍。五七年には早大赤道アフリカ遠征隊を組織、キリマンジャロ登頂。六〇年、早大アラスカ・マッキンレー遠征隊を率いて北米横断。山小屋設計も多く手がけ、代表作に涸沢ヒュッテ（新館、北アルプス）、黒沢池ヒュッテ（妙高連峰）など。

文明批評

多くの建築家と吉阪が異なるところは、文明批評的思想をもちつつ、しかし抽象に堕さずつねに人と人、もの、環境との関係性に立脚して建築や都市設計を考えていたところにある。世の中をより住みやすくしたい、人類が平和に暮らせるようにしたいとの願いとともに吉阪建築はつくり出された。その中から生まれた「不連続統一体」「有形学」など吉阪独自の概念はいまも古びておらず、前者は六五年の代表作「大学セミナーハウス」（東京都八王子市）として具現化された。

もっと吉阪隆正を知りたい人のためのブックガイド

吉阪隆正『**吉阪隆正集**』全一七巻、勁草書房、一九八四〜六年

建築家には名文家が多いが、その中でも吉阪が残した文章量は圧倒的で、一七冊に及ぶ著作集にその全容がまとめられている。編年体ではなく一冊ずつテーマごとの編集となっており、本書には十全に収録できなかった山岳関係やル・コルビュジエにまつわる文章も一冊ずつにまとめられている。

アルキテクト編『**好きなことはやらずにはいられない——吉阪隆正との対話**』建築技術、二〇一五年

膨大で尽きることを知らない吉阪のことばと興味関心を、関係者の文章も交えながら一冊にまとめた本。貴重なスケッチや写真も多数収録。吉阪の最後の弟子・齊藤祐子による巻末の「なぜ、吉阪隆正か！」は、吉阪の生涯と思想がコンパクトにまとまっており必読。

齊藤祐子編著・北田英治写真『**吉阪隆正——大学セミナーハウス**』建築資料研究社、二〇一六年

同『**吉阪隆正＋U研究室——ヴェネチア・ビエンナーレ日本館**』建築資料研究社、二〇一七年

モダニズム建築を写真で紹介する「モダン・ムーブメント」シリーズの二冊。吉阪の代表作に挙げられる大学セミナーハウス（東京都八王子市）とヴェネチア・ビエンナーレ日本館。彼の思想「不連続統一体」を体現したとされる前者、戦後日本のモダニズム建築の先駆け的傑作と言われる後者を、写真や図面とともに読み解く。後者は、竣工当時（一九五六年）の貴重な写真も収録。同シリーズには、吉阪の個人邸作品を紹介する「実験住居」、公共建築を集めた「葉っぱは傘に——公共の場所」もあり。

倉方俊輔『**吉阪隆正とル・コルビュジエ**』王国社、二〇〇五年

吉阪が師事したル・コルビュジエを軸としつつ、さまざまな要素が「並存」するという吉阪哲学の真髄に鋭く迫った評伝。彼の理論と生涯の関連性が立体的にとらえられる。

本書は、『吉阪隆正集』第二、四、五、七、九、一〇、一一、一三、一六巻（勁草書房、一九八四～八六年）を底本としました。

表記は、新字新かなづかいに改め、読みにくいと思われる漢字にはふりがなをつけています。また、今日では不適切と思われる表現については、作品発表時の時代背景と作品価値などを考慮して、原文どおりとしました。

なお、文末に記した執筆年齢は満年齢です。

カバー・中面絵：吉阪隆正（早稲田大学會津八一記念博物館蔵）

STANDARD BOOKS
吉阪隆正　地表は果して球面だろうか

発行日——２０２１年７月14日　初版第１刷
著者——吉阪隆正
発行者——下中美都
発行所——株式会社平凡社
東京都千代田区神田神保町３−29　〒１０１−００５１
電話（０３）３２３０−６５８０［編集］
（０３）３２３０−６５７３［営業］
振替　００１８０−０−２９６３９
印刷・製本——シナノ書籍印刷株式会社
編集協力——大西香織
装幀——重実生哉

ISBN978-4-582-53180-0
NDC分類番号914.6　B6変型判（17.6cm）　総ページ212
平凡社ホームページ https://www.heibonsha.co.jp/

STANDARD BOOKS　刊行に際して

STANDARD BOOKSは、百科事典の平凡社が提案する新しい随筆シリーズです。科学と文学、双方を横断する知性を持つ科学者・作家の珠玉の作品を集め、一作家を一冊で紹介します。

今の世の中に足りないもの、それは現代に渦巻く膨大な情報のただなかにあっても、確固とした基準となる上質な知ではないでしょうか。自分の頭で考えるための指標、すなわち「知のスタンダード」となる文章を提案する。そんな意味を込めて、このシリーズを「STANDARD BOOKS」と名づけました。

寺田寅彦に始まるSTANDARD BOOKSの特長は、「科学的視点」があることです。自然科学者が書いた随筆を読むと、頭が涼しくなります。科学と文学、科学と芸術を行き来しておもしろがる感性が、そこにあります。

現代は知識や技術のタコツボ化が進み、ひとびとは同じ嗜好の人としか話をしなくなっています。いわば、「言葉の通じる人」としか話せなくなっているのです。しかし、そのような硬直化した世界からは、新しいしなやかな知は生まれえません。

境界を越えてどこでも行き来するには、自由でやわらかい、風とおしのよい心と「教養」が必要です。その基盤となるもの、それが「知のスタンダード」です。手探りで進むよりも、地図を手にしたり、導き手がいたりすることで、私たちは確信をもって一歩を踏み出すことができます。規範や基準がない「なんでもあり」の世界は、一見自由なようでいて、じつはとても不自由なのです。

このSTANDARD BOOKSが、現代の想像力に風穴をあけ、自分の頭で考える力を取り戻す一助となればと願っています。

末永くご愛顧いただければ幸いです。

2015年12月

ロゴマークデザイン：重実生哉